裏外流

陳炳藻短篇小說選

陳炳藻 著
黎漢傑 編

流動的閃爍——《裏外流》代序

黎漢傑

從選本看被遺忘了的名字

二〇二四年我幫忙編輯出版了陳炳藻老師的小說集《儒林鹿渡》，年輕一代如我知道陳老師的人不會很多，即使認識，也大多是知道他研究《紅樓夢》而已。

本來，我都應該是這樣的。

近十年，一直編輯出版許定銘老師的書話集系列，或多或少對本地文學史有了一些認識。最記得，許生提到六十年代香港冒起的小說家，除了西西，必然會提到他數十年前的文社好友，陳炳藻。原因？先看一下史料：

一九六五年五月，《中國學生周報》第十四屆「獎學金徵文比賽」青年組，頭三名分別依次為張愛倫（即西西）的〈瑪莉亞〉，朱韻成的〈在盲門外〉，第三名則是陳炳藻的〈潮的旋律〉。

劉紹銘編，今日已成香港經典的友聯文庫叢書：《新人小說選》（一九六七年初版，一九七一年再版），收錄十七篇小說，正正包括上述得獎的三篇作品。其他作者還有江詩呂、林琵琶、崑南、亦舒、綠騎士等，現在都是香港小說史上赫赫有名的作家。

一九六八年香港中國筆會出版，由李輝英和黃思騁合編的《短篇小說選》收錄當時活躍的作者，共五十二人的作品，其中就有陳炳藻的〈狗種〉。

一九八五年出版，鄭慧明、鄧志成、馮偉才合編的《香港短篇小說選（50-60

年代）》，收錄陳炳藻的〈籬邊的音樂〉。

一九九八年，也斯編的《香港短篇小說選（六十年代）》與黃繼持、小思、鄭樹森合編的《香港小說選 1948-1969》，不約而同都收錄了陳炳藻的〈朧〉。

歷年來的選本，陳老師都是常客，而且選收的作品大部分都並不相同，換言之，對文學評論家來說，陳老師早年的作品，各篇的水準都不低，或者說篇篇佳構。只是，作者移居海外多年，與香港文壇的聯絡日漸疏落，新一代的讀者才會遺忘了他。

為「人」的小說

陳老師早年的小說，內容當然各有不同，但重點都是放在人與人的關係。〈狗種〉講少年「我」原本幫助母親經營賣雲吞麵的小販攤檔，卻因新來的小販管理隊職員惡意敲詐勒索，甚至搗亂：「他拿起盛湯的瓢子，把雲吞一瓢一瓢的倒向渠邊，筷子和碗兒逐一掉入湯裏。」「我」氣憤至極而錯手將人打到出血：「我跳下來，朝他肩上擠一把，……這樣我的火也來了，順手拿起大醬油瓶，」因而坐牢：「他沒有死，我以二十一個月的牢獄生涯換取他一攤冷血。」他的生氣、他的傷人罪，當然都情有可原，要不然原告的妻子王太也不會走進監獄代母親來探望；然而，法律面前，罪責難逃。整個故事的場景都是在監獄發生，直接在現場出現的只有「我」、獄友阿桂、看守監獄的懲教人員，以及王太。所有關於主角母親的事，包括昔日經營雲吞麵攤檔的經過、案件發生的因由，事後當下因心力交瘁生病而委託王太來探監，除了一小部分是從王太的對話鋪陳出來，大部分則是通過「我」的回憶來呈現。這種回憶，有重構場景的：「但是王立強坐在原告席上，翻開着那對陰黠眼，用手擦着鷹嘴鼻，冷冷的笑，他的頭雖然纏着綳帶，又有什麼相干？他不是笑得很快樂嗎？只留下我在後悔。」而更重要的還有內心獨白：「然而，我能遠離小人麼？連爸懂得麻衣相法也不能」、「我已經二十歲了，還怕一隻狗？」、「為什麼？為什麼？為……什麼？爸爸啊，我只是後悔沒聽你的話，管他們那些為什麼？」這種內心獨白呈現的是主角的心理狀態，由感嘆到掙扎，最終到情緒的頂點而發洩，一切都是因「人」而引起的種種感情瓜葛。

〈拒〉講述洛山提出計劃為新進作家出書，被現實功利的胖子百般阻攔，最後不了了之的一個職場片段。整個故事，不緊張也不刺激，按照一般的閱讀標準，這不會是一篇出色的小說。然而作者不是在寫通俗小說，他在意的並非情節，而是對人物心理的刻畫。所以，讀者不能輕易放過小說的結尾：

老闆也說聲禮貌話踱了出去，室內頓時顯得輕鬆與自由，洛山用手搭着年青人的膝上說：

「怎樣？聽不慣，是不？」

「嗯，」他說：「洛山叔，你要介紹我在這兒的一份差使，趁着還沒跟老闆提及，我看不說也罷；這個樣子，實在幹不下去。」

「也好，有機會再替你找找看。現在大學生這麼多，飯碗可不易拿得着啊！」

「我知道，」他說：「但是，洛山叔，你居然在這兒耽得下啦？」

「孩子，你可曾注意到洛山叔耳凹上的毛髮。」

於是，他就真的開始用心注視起來，同時看到洛山那一雙溫煦而遲暮蒼涼的眼瞳，他立刻垂下頭。良久，一滴淚緣頰跌落在洛山擱着的手背上。

與青年萬立煌的對話，透露的是中年洛山的身世。青年最後婉拒洛山的幫忙，不會在這出版公司打工，洛山挽留他，卻被對方反問：「洛山叔，你居然在這兒耽得下啦？」這當然是年少氣盛才會這樣不假思索發問的，萬立煌追求理想，對職業、對公司、對僱主都有要求，沒機會發揮或者不符合他的期望，就會另覓差使。因此，他才會不解洛山為何還要待在這家公司。只是，到了中年，就會有各種負擔，變成人在江湖，身不由己。所以，洛山最後才說：「孩子，你可曾注意到洛山叔耳凹上的毛髮。」小說沒正面描寫究竟洛山耳凹上的毛髮是怎樣的情況，但是小說卻緊接補上了：「同時看到洛山那一雙溫煦而遲暮蒼涼的眼瞳」人的精神面貌，臉部的氣息是一致的，正因為耳凹上毛髮的情況，是一片遲暮蒼涼，他的眼瞳才會遲暮蒼涼。最後，小說定格在「一滴淚」上，洛山沒有說出來的種種人生苦境、委屈、無奈，也都包含在這滴淚上了。

唯心而抒情的筆調

表現心靈上類似的曲折幽微，正是陳氏早年小說的共同母題。〈裏外流〉、〈面譜以外〉、〈潮的旋律〉都是寫年輕女性愛上成熟男士的故事。在〈裏外流〉，孟嘉麗的生活有兩個截然不同的世界，真正的父親牽扯着艱難而沉重的現實：「所以她走了，她輸了，但是也炙傷了潔姨，自然也傷了父親；可憐的父親，懦弱的父親，至愛的父親」、「父親第一次來看她，是在四年前的冬天，香港的冬天，冷不過她那時的心。」精神上的父親是她心靈上的依靠：「他的妻子在另一個地方，他的孩子也在另外一個地方，他現在只有孟嘉麗，她常常伴着他，替他抄寫，彈他喜歡的歌，煮他喜歡的咖啡，他工作的時候，她坐在一邊靜靜地看書，有時他掉頭看看她，她也看看他，他們都很快樂，他們的快樂是互相倚賴的。」年輕的孟嘉麗畢業之後會是怎樣呢？作者沒明確的議論，相反小說借助孟嘉麗夜晚在宿舍露臺的畫面作大篇幅的描繪：

燈熄了，人睡了，但是孟嘉麗並沒有睡，她站在露臺。

……

星星真多，多得像嘉麗心中想着的事物。

星星真多，多得像貝爾夫人捉摸不到的那些朦朦朧朧的感受。

……

可是星星沒有為嘉麗唱歌，星星有時變成爸爸，有時是潔姨，是布家夫婦，是小囡、喬教授……

夜深，這是夏末的夜，初露替露臺的扶杆輕抹一層濕濡。

借用傳統中國詩話的術語，小說是「以景語情」作結。在觀星的時候，孟嘉麗想像星星化身成身邊的人、讀過的課、去過的街景、看過的書，這一連串如意識閃現的心理獨白密集出現之後，最後一句卻從人物上抽離，只是寫一個定格的鏡頭：「這是夏末的夜，初露替露臺的扶杆輕抹一層濕濡。」那一層濕濡究竟是什麼？是象徵孟嘉麗這幾年的人事糾葛，還是內心對兩個父親的感情起伏，又或者是指涉不確定的未來？答案可以是以上的任何一種，小說以開放式作結尾，除了讓讀者自由想像故事的後續，更加重要的是希望營造一個氛圍，傳達的那種患得患失、若即若離的感覺，才是作者的重心所在。所以，小說集裏面其他題材相近的小說，例如〈潮的旋律〉結尾：「飛機在機場上兜了個大圈子，沿跑道向空中上升，漸漸遠去；我把眼睛掠過場上那大片草地，驚奇地發覺它們已換上一層可人的嫩綠。」以及

〈面譜以外〉的結尾：「她根本聽不見什麼，她只覺很冷，覺得很冷，很冷，但是卻愈來愈安詳了。」都設定這種形式的結尾。氣氛的渲染、情緒的強調，才是這類小說最大的藝術追求。

結語

陳老師早年的作品篇幅短小，鋪陳故事內容並不是他最核心的關注點，他寫人情如母子、父子、父女、兄弟、男女，這些人與人之間的關係，在故事經歷轉折、瓶頸，從而引發的各種情感跌宕、拉扯、掙扎，才是重心所在。而這種抒情的寫作特質，也正是歷來各選本選錄陳老師小說的原因。

二〇二五年四月十二日

目錄

裏外流

　　四年光陰消逝，像咀嚼一籮苦澀的黃蓮，又好像昨天。呼吸是急促的。呼吸是緩慢的；有時呼吸也會沉重，有時呼吸也會舒徐；無論怎樣，這是生命的脈搏、生命的旋律，生命仍神妙的延續。

　　看腕錶，十一時十分多一些，屋主人在二十分鐘後便會回來。外面一定很黑，今夜沒有月，只有冷冷清清的路燈，幸而還不算死寂，最低限度還有草蟲的鳴叫。發出這種鳴叫的生命，都躲在這小窄的麻路兩旁的花叢亂草裏，只要把那些野生的花草亂抹幾下，牠們便噤聲不響了；她是試過的，她曾經抹開一叢小植物，一隻蟋蟀噤伏在那裏，手電筒的光嚇呆了牠。她想用手去捉，但是忽然畏縮了，她不是怕牠的外形，而是猶豫於一種無形的東西、一種無形的力量，她沒有權利去破壞這小昆蟲的寧靜，去擾攘這小生命能把握的一切。

小囡又在房間説夢話了，小囡的夢話很簡單，簡單得像嬰兒初學説話時那兩個最易發音的單字：爸爸、媽媽。

她走進房間，輕輕地撫拍幾下這個三歲的小女孩，她喜歡這蘋果般的小臉，這是一張長得像母親的臉，但是她不喜歡小囡的母親，小囡的母親使她想起影像迷濛的生母，也使她想着潔姨。潔姨是水，她自己是火，她輸了，但是也炙傷了父親；可憐的、懦弱的、至愛的父親。

她開始收拾翻閱過的書冊，放下百葉窗，把壁爐上的枱鐘上了發條，把登記來電話的日記本子放在廳角的辦公桌上，關掉電視機，留下那深夜才開始的輕音樂，然後捺亮壁燈，弄熄那支落地的企燈。

心形的壁燈下的小几上有一座石膏像，一座斷臂的維納斯。

她喜歡睜着眼，靜靜地坐在地氈上，仰望着維納斯，祈求着她的夢。

她有一個很遠很遠的夢，靠着白箋藍字維繫着。

她住在東半球，但是夢着西半球。那個令她夢着西半球的人，以前是她的鄰居、是她的同學，他們已不相見五年了。

門鈴響了，響得像蜻蜓點水。

小囡的爸爸就是這隻蜻蜓，蜻蜓喜歡在空間漫遊，追追逐逐，小囡的爸爸也一樣；不過，小囡的媽媽不是，她是一隻蛤蟆，蛤蟆喜歡在夜裏活動，小囡的媽媽也是；不同的地方是蛤蟆的皮癩，她是皮光肉滑。

打開門，她嗅到一陣微微的酒氣，感到有點噁心。她聽見他說：

「對不起，孟小姐，耽誤了你幾分鐘。」然後他放低聲音說：

「太太輸了牌，我一路吃着『貓麵』。」

她客氣地回了兩句話，看着門外影樹下那隻遲歸的蛤蟆說：

「布太太，剛才徐太太來電話，請你到家後立刻撥個回話，說是要緊的事。」

「謝謝你，」那胖女人說：「小囡睡得好吧？」

她點點頭。布太太每晚回來總是問一下小囡，但是她的話像沙灘上的空殼。

她從沙發上拿了自己的小提包，然後說：

「我要走了，先生的電話都在辦公桌上；修理水喉的費用都付過了。」

「謝謝你。」那胖女人一邊說，一邊走進房間。

布先生把孟嘉麗送到門邊，開門的時候，他在弄得特別響時說：

「沒有別的電話？」

「有。一個姓朱的女人，明天十二時正在上次那地方等你。」

「晚安，孟小姐。」他大聲說。

「晚安。」

但是她知道這隻蜻蜓不會有一個安寧的夜晚。

一個輸了牌的妻子，一個擾人心思的電話，怎可平靜一顆浮游的心。

她開始踏着這條用石磚鋪成的小路，路燈伴着她，星光伴着她，蟲聲伴着她；還有，還有路兩旁那些西式小平房窗中透出的燈光。這是教授或講師們夜讀的時候，也是她每夜返學校宿舍的時候。這些燈光鼓勵着她，使她不多不少地憑着這種力量，堅持地完成了四年大學。

學問真的沒有止境，愈讀得多，愈明白知道的少。人生歲月，也真不可恃；教授們的學識，不知比自己高出多少倍，鏡中白髮，只不過催促他們加倍追尋奧秘的學問，從而更深入地體驗人生。

她數着左面的房子，第十一間，最令她依戀的一間。這些房子差不多都是她學院裏的教授住的，她認識一些，不認識一些，她最熟悉住在第十一間那個，他姓喬。

喬教授的年紀不會比她的父親小，他的身子雖然還很健壯，但是兩鬢的微霜無情地說出約莫消逝的歲月。喬教授喜歡穿長衫，跟她的父親一樣，他們都透着書卷氣，都有一顆慈祥的心；不同的是她的父親懦弱，喬教授不。假使喬教授是她的父親，她便姓喬，那麼，喬嘉麗便不須要替別人看管孩子來賺取這幾年的大學生活費；然而她姓孟，她是孟嘉麗，孟嘉麗的父親是潔姨腳下的奴隸，孟嘉麗是奴隸的女兒，不是潔姨的女兒，所以潔姨要出賣她，要把她嫁給一個有錢的男人。

父親除了做股票投資外，還有一間金鋪，金鋪是倚賴一家銀號做後台的，股票買賣的失敗，銀號也收回了信心，就是這樣，潔姨要把她做貨物，不管她考取了大學，不管她的獎學金是怎樣獲取。所以她走了，她輸了，但是也炙傷了潔姨，自然也傷了父親；可憐的父親，懦弱的父親，至愛的父親。

現在，她正站在第十一間房子的窗下，像一個迷失的幽靈，像一隻小小的螢火蟲。

窗裏沒有光，昨天沒有，今天也沒有，他的精神不好，他已經病了兩天。孤伶伶的人千萬不要病，但是他病了，他的妻子在另一個地方，他的孩子也在另外一個地方，他現在只有孟嘉麗，她常常伴着他，替他抄寫，彈他喜歡的歌，煮他喜歡的咖啡，他工作的時候，她坐在一邊靜靜地看書，有時他掉頭看看她，她也看看他，他們都很快樂，他們的快樂是互相倚賴的。

她喜歡夜裏回返宿舍的時候站在他的窗下，靜靜地嗅着那從他窗內溜出來的煙味，聽着那偶然發出的一兩聲咳嗽，她知道他不是寫着他的著作，便是讀着一些線裝書。她靜靜的傾聽一會，然後仰望着那比她高少許的窗，向他說晚安。於是，他會探頭出來說：

「晚安，嘉麗。」

於是，她帶着這一聲晚安，舒舒服服地走完這條可憐的小路。

昨夜他們少了這聲晚安，今天也是。

他吩咐傭人不要黑了燈，但是她吩咐他的傭人在他入睡之後不要亮着燈。他的心臟不好，他暈眩了兩天，不過他知道嘉麗會在窗下。醫生不准他吸煙，醫生又不准他晚上看書，醫生又給他打了針。晚上吃了藥，他不想睡，又居然睡着了。

走完小路，橫過公路，便是火車路。火車站的售票處，有一間很小很小的咖啡座；有一次，她的父親來看她，她便在這裏和他等最後的一班車。

她的父親很少來看她，她白天要上學，晚上要工作，父親來，只能揀學校假期。父親已經夠忙了，他現在只有半邊鋪子，另一邊已租給別人，他的車子也賣了，但是潔姨在牌桌上的消費卻減不了多少。

父親第一次來看她，是在四年前的冬天，香港的冬天，冷不過她那時的心。

她在宿舍的會客室裏會見她的父親，天色有點黑了。

他看着他的女兒，她自會客室通到二樓的梯上走下來，她走得輕輕飄飄的，像一塊沒有生命的羽毛。

她站在他的面前，他拉着她的手，用夢一般的聲音喃喃地説：

「嘉麗，嘉麗，真是我的小嘉麗嗎？」

她不響，她的心有時在喉頭，有時在腳下，她只感到全身麻痹。

他撫着她那披肩的柔髮，他撫着她那蒼白清秀的小臉。

「你一餐吃多少飯，嘉麗。」他哽咽地問。

她不響，但是她的眼濕了，她原以為眼淚在幾個月前已經和她絕緣。

這就是她的父親，她愛着、憐着的父親。

投資的失敗，家庭的風浪，在短短的幾個月裏，催老了這近五十歲的人。她想擁着他，抱着他，大大地哭一場，倔強的個性阻止她。

他們站着；他們坐着；他問，她不響。

她忽然看看腕錶，望着地板說：

「我要上工了，我晚上替兩個孩子補習功課。」

「不要去，嘉麗。」他拉着她說，「我帶了錢給你。好好的讀書，別弄壞了身子。」

他從袋裏拿出一包東西，有鈔票，有金飾。

他遞給她，她沒有接，她只是看了一下。

「我不要。」她說，「你以前給我的金飾，換了錢，夠我過這個聖誕。現在我有了工作，不必再為我擔心。」

他望着她，她也望着她，他的眼神是痛楚的。他說：

「告訴我，嘉麗，你恨我恨得多大？」

「我沒有恨你，但是你使我想起媽媽。你始終是我的爸爸，我的愛比怨多。如果你也愛我，有空來看看我，讓我聽聽你的聲音、拉拉你的手。家裏開支大，不要給我錢。」

她站起來，看着窗外的樹影說：

「我真的要走了，我送你到校門吧。」

她掩上玻璃門，父親在下着石級，外面風很大，父親的身影恍惚有點不定，在夜色裏顯得模模糊糊，孤單單的，那麼陌生，又那麼熟悉。她想：她要為父親鈎一件絨線衫和一條頸巾。天氣實在太冷了。

以後，父親來看過她幾次，她也沒有收下他帶來的錢。潔姨叫她在外面，她就是要證明自己的獨立能力。

她每月有二百元的獎學金，除了學費、宿費和有限的書籍費，她必需有一份工作的收入來補助她的生活費。她在第一、二學年是替孩子補習功課，第三學年開始，她踏進了布家的園子，那時小囡剛滿周歲。

現在小囡已經三歲了，四年的大學生活也快結束了。

什麼事都有個結尾，考完了學位試，她在等着另一件事的開端。系裏的助教升了講師，他們在考慮着留下孟嘉麗。

但是她也在考慮，她想到西半球去完成她祈求了五年的夢，她也想留下來等待那異地歸客。她捨不得離開這裏，因為她得着兩份父愛，享着兩份不同的天倫，而且從心底裏挖出一份珍貴的感情給小囡。

過了火車站的路是比較黑的，夜在這一截路也比較靜寂，她捺亮了電筒。當初她很怕走這截路，現在已經習慣了。人就是那末奇怪，陌生的會變得熟悉，習慣之後，有時反而漠視某些事物的存在。

她看見宿舍了。宿舍本來十二點便要黑燈，但是她們還有一個星期便要分手，所以她們請求舍監准許晚一些，仁慈的貝爾夫人答應了，她喜歡這些女子。她的丈夫在日本偷襲珍珠港時死了，她的男孩在美國讀博士，她自己在這裏找到家的溫暖。

孟嘉麗一踏上二樓的大廳，趙倩英立刻拉着她說：

「嘉麗，快來看，我們正在問着你。」

她看看趙倩英，這同房的伴侶有時很懂事，有時也十三點。

她再望一下那幾個圍着圓桌的女娃，她們都聚精會神地做着什麼。她說：

「問我什麼？」

「問你會不會當上助教。正在找答案。」

孟嘉麗把頭伸過去一望，她們又在弄着「碟仙」那玩意。

三個女孩子把中指輕輕的貼在一隻覆着的小磁碟上，小磁碟在寫着字的畫紙上來回走動，她聽見白少萍間歇地說着：

「碟仙碟仙，如果孟嘉麗會當助教，請你停在 YES 上面，如果不會，請你走到 NO 那邊。」

嘉麗看見碟子在動着，她原先不信碟子會走動，她以為是三人中之一個在弄鬼，但是她自己試過，後來她信了，只是不信那找出來的答案。

小磁碟竟然停在 YES 上面，白少萍又說：「謝謝你，碟仙，現在請你回家休息吧！」

小碟子轉幾轉，回到畫紙中間那小圈中停了。

幾個女孩子立刻包圍了嘉麗，恭喜她，擁她，拉她，又捏她；吵着，鬧着；吵鬧聲充滿嘉麗細胞裏的空間，吵鬧聲呼喚着那幾度欲去的碟仙。她很喜歡這些同學，她們差不多是不同系的，她們差不多是欠成熟的，有時嘉麗叫她們穿衣，叫她們溫習，其中一兩個便扮鬼臉說：

「是的，媽咪。」

不過，她們都了解嘉麗，她們不讓她一個人坐着想家、想身世，她們會像蝴蝶一樣在她四周飛，像狂人合唱團一樣在她身邊叫，這樣飛了四年，叫了四年。再過幾天，她們要各自飛走，要孤單單地低鳴了。

燈熄了，人睡了，但是孟嘉麗並沒有睡，她站在露臺。貝爾夫人沒有睡，她知道孟嘉麗站在露臺。

星星真多，多得像嘉麗心中想着的事物。

星星真多，多得像貝爾夫人捉摸不到的那些朦朦朧朧的感受。

一班女孩子走了，另一班跟着又來；走的一批帶走了她付出的愛，她又從內心擠出一些付給到來的一群。探望她的女孩帶回一些，走時卻又帶多一些。她很高興有這種取之不盡、用之不盡、用之不竭的寶藏。她祈求女孩幸福，她祈求世人幸福，於是她閉上了眼，星星為她唱歌。

可是星星沒有為嘉麗唱歌，星星有時變成爸爸，有時是潔姨，是布家夫婦，是小囡、喬教授；有時是《三國志》、是《漢書》，是文字學；有時是火車站、是咖啡、是趙倩英；是托爾斯泰的《復活》、勞倫斯的《查泰萊夫人的情人》，忽然又好像學位試，但是每一個變換都晃動着喬教授的身影。後來，這身影像光、像熱，溫暖地照亮她的思路，她想清了，不論世界怎麼變，她對父親和喬教授的需要是萬不會變的。

夜深，這是夏末的夜，初露替露臺的扶杆輕抹一層濕濡。

原刊於《芷蘭季刊》第三期，一九六五年十二月

重刊於《博益月刊》第三期，一九八七年十一月

潮的旋律

嘈吵聲漸漸漸遠去，漸漸弱，忽然四下變得如此沉寂。

還剩兩本默書本子了，這一本真好，寫得很清潔，居然一個錯字也沒有，是誰的？唔，李小玲，昨天剛來的新生，圓臉、大眼睛，拖着一雙辮子那個。

七點鐘了，志成大概來了吧。我進洗手間塗上一點點淡紫色的口紅，出來執拾一下枱面的簿冊。畢竟換了冬季時間，下樓的時候，我順手捺亮了梯燈，校門外蒼茫的暮色，在薄霧下顯得更孤寂了。

「莫老師。再見。」

那聲音多軟、多嫩弱，又是那麼孤伶伶的。

我回頭，是那個拖着辮子的李小玲，她長得那末嬌小，站在校門轉角的石墩旁，我居然不曾看見她。

「李小玲，怎麼還未回家？」

「是的，莫老師，我在等候爸爸。」

「爸爸不知道你六點半放學嗎？已經七點鐘了，他還不來！」

「爸爸下了班，是會駕車子來接我的。爸爸的寫字間在中環，他說渡海小輪使他想快也不能。」

我還想再問，但志成的車已到了，他捺響那討厭的喇叭催促我。關車門的時候，我望一下小玲，她那大眼睛在黯淡的路燈下閃看。她那麼懂事，一個九歲的小女孩。

志成又在吸煙了，我不反對別人吸煙，但是志成拿煙的姿勢太幼稚；不知為什麼，我總覺得他未算長成，雖然他比我大三年，雖然他是維持治安的警務督察。

「潔芷，今天晚上肯不肯出來一趟？」他側着頭問我。

「好的，但我要先知道去哪裏。」

「百樂門，神奇的魔術表演。」他高興地說。

「我希望不要太晚，媽會擔心得睡不着。」我說着，心裏想着媽媽，她又要孤單地留在家裏了。

「我們請伯母一起去，讓她老人家散散心。」

「媽不會去的，回頭上我家吃飯吧！吃過飯，跟媽談一會再去不遲。」

我不喜歡志成叫媽媽做老人家，就是叫媽做伯母，也使我感到很特別，雖然這是他應有的禮貌。媽並不很老，她不過四十二歲，歲月不曾在她的容顏上留下殘忍的刻劃。可是，我知道媽很寂寞，因為她太愛她的工作了。即使工作能排除心底的寂寞，人總不免需要空餘的時間吧！

媽媽經營的服裝店是相當有名的，十多年來的努力，總算站穩了，我佩服媽媽的毅力，佩服她的精明與能幹。我奇怪爸爸當年怎麼會離開她！爸爸是在我出生後兩年走的，因為他要到外國深造，然後他一直沒有回來。媽媽知道他在那邊跟一個外國女人結了婚，知道再不能把那變了的心復原，因此在離婚書上填上了名字。

我沒有見媽哭泣過，她在我面前連眉也不曾皺過；但是，我畢竟已長大了，媽笑臉後的嘆息，漸漸在我腦海盤旋。當我稍為懂事的時候，我告訴媽說我多麼恨爸，因為他太不負責任，太自私了。但是媽只是笑笑，叫我長大後再下結論。如今我長大了，反而沒有了結論。

不知車子什麼時候停下，到我醒覺的時候，我發現志成迷惘地望着我，哈，我想到哪裏去了？我的思想離開現實這麼遠？

媽正在看電視等我，柔淡的燈色，使我有安詳舒適的感受。家，可愛的家，可惜好像欠點什麼。

媽媽很贊成我跟志成交朋友，因為志成人好，有禮貌，有份好的職業，還有一張好看的臉。

志成是我理想的對象嗎？一想到這上面，我的思潮便立刻改變方向，我不應該想的，我要陪伴媽媽多幾年。

漸漸地，天色提早入黑了，每天放學的時候，遠處的天邊，已出現了閃爍的小星星，霧也加重，涼意更濃。

志成有時值夜班，不能來接我時我便改乘巴士。有時，李小玲比我走得晚些，偶然也會比我早。我漸漸開始注意她，那是因為她在功課上有不很平均的發展，譬如國語科，她差不多是全班最好的，英文和算術科，卻又出奇地劣。再看社會科學和自然科，平均都在八十分以上，她的歌不但唱得好，而且懂得彈琴，她喜歡聽故事，聽一切新奇的事物，我相信她媽媽一定很愛她，因為她那麼聽話，那麼整潔，又很逗人愛。不知她爸爸有沒有注意到她功課上的不平衡，我應該提醒他，以免弄壞小玲的基礎。

可是，我一直未碰見過她的爸爸，他一定很忙，不好要求他來學校談話的。

這個世界的人，大都終日營營役役，忙這忙那，幾曾真正地休息過。就看媽媽吧，白天已夠她忙的，回家後還為我燒飯；請個傭人吧，她說總不如自己燒的好，洗衣有洗衣機，洗不來的，拿到店鋪去；乾淨利落。託辭罷了，但是，我能說穿她的心意嗎？可憐的媽媽。

然後，我終於看見小玲的爸爸了。

那天，像往常一樣，我在校門等候志成來接我。

霧相當重，涼涼的，雖然披上羊毛衣，還是不自覺地抖了一下。

小玲一直在追問我「金河王」的結局，我一直在賣關子，因為我要把這些留到故事訓練的課時再講。這時有一聲輕巧的口哨，小玲收住問話，對我行個禮便走了。

那是一輛很漂亮的房車，大概是藍色的吧，天色實在太黑了，使我沒法看清車內的人。小玲一上車，車立刻開走了，那麼匆忙，那末急速，我連想也沒想到跟他談一談小玲的功課。

志成的時間漸漸失去準確性，這不能怪他，警務的工作是繁重的。而且，我不能自以為有充份權利要他來接我，朋友之交，需要的是互助和諒解，而不是互相利用。

不過，等候的確令人心煩，尤其在這靜靜的路旁，疏落的行人，使時間分外難過。幸而有一個警崗，可減去一些不必要的恐慌。

每次稍遲，志成總向我道歉，望着那張好看的臉，那誠懇的心意，常使我覺得不好意思，不好意思使他趕來接我，但他一定要。

憑良心說，我也喜歡志成，有時，我會悄悄的問自己，是否對他也有愛意？然而我沒法定下結論。我已經二十歲了，二十歲談戀愛，該可以了吧，媽也以為我和志成在戀愛了，可是我為什麼沒有這種感覺呢？志成是否愛我，那是無須考慮的問題，我總覺得愛情不是件簡單的事，雖然在睡夢中，我曾觸摸過那模糊的影像，畢竟太飄忽了。在現實生活中，人必須接觸很多事物，處理很多繁瑣的工作，戀愛、結婚、生子，不過是許多許多事情中的一兩件而已。因此我把這些看得很平淡，至於日後是否會有不同的觀點，就更不用多費心思去想它。

時日在不覺中溜掉，冬天，真正地蒞臨到這海島上。學校附近多空曠，更易招引無情的北風，站在校門候車，無形中成為一種殘酷的刑罰。那天，我和小玲躲在門柵內張望，一直到比平日過了十五分鐘，還沒見志成的車子。我回到校務處的走廊，撥電話到他的辦事處，接電話的人告訴我，志成接到特別工作，到新界出差去了。這也是偶然有的事，在過去也曾發生過，所以我決定乘巴士回去了。很湊巧，小玲今天也遲，看她孤單單的站在那裏，心裏真有點不安，但是她很乖，很懂事。午間上學，是傭人送她來的，放學回家，她爸爸堅持親自來接她。多麼好的爸爸，我真羡慕別人有一個好爸爸。

我差不多走到巴士站了，忽然聽見小玲的聲音。

我回頭，停在我身邊是一輛漂亮的房車。

「莫老師，爸爸說請您上車。」小玲把頭伸出車窗向着我說。

「不了，謝謝你。」我只好停下來向她說。

「莫老師，請上車吧。」那是她爸爸的聲音。

我忽然感到一陣莫名的意識在繞着我，那聲音是那末低沉而有力，它催眠了我。正當我猶豫之間，車門開了。

我感到有點吃力，尤其是當我要向他道謝的時候；這是很少有的事，兩年的教學生活，使我比以前更容易跟人說話了；今夜，我為自己而奇怪。

「莫老師的府上在哪？」他沒有回過頭，但他那黑亮的眼正在望後鏡中瞥着我。

「依斯坦路，依斯坦路後段，最後的一間。」我說着，心中想着那對在黑夜中發亮的眼睛，我好像有熟悉的感覺。

「真巧，我們差不多順路，只隔四個路口。」

「多不好意思，令你走多了路。」

「別這樣說，莫老師，我們差不多同路，多兜一個圈子，多吸一些新鮮空氣。」

我相信他說這話的時候是微笑着的，因為他聲音裏有愉快的笑意。

我不好再說什麼。黑暗中可不容易看清別人，我只看到他的頭髮，微卷曲的頭髮，長長的耳，明朗的臉部線條，白色的衣領分外顯眼，可是我看不到他的臉。

車子轉入依斯坦路，很靜，因為這是沒有巴士行走的路，所以這裏的空氣很清新，但是也好像更冷一些。

下車的時候，我再三道謝了。我喜歡聽他的聲音，因為它有一種成熟的味道。

小玲很高興我坐了她的車，她不斷地對我說再見。

是的，我忽然想起了，那眼睛，那給我熟悉感覺的眼睛，我是見過的。前天晚上志成和我看一齣什麼敢死隊的電影，那個隊長在機場上跟他的朋友說話時，那雙眼睛是多麼的深邃，那麼能表現情感，那麼地扣人心坎。嘿！我多無聊啊，儘想這些不着邊際的零星事。

奇怪，今天家裏居然來了客人。

原來是林主任。林主任從前是媽媽的同學，後來去了澳洲攻讀紡織羊毛一門學識，可是當他學成的時候，他們一家的資產和幾間紡織廠，在內陸完全不能流動出來，聽說後果很慘。所以林主任便成了孤單的流浪客。然後有一天碰見了媽媽，當時媽正想開辦男裝部，林主任便留下來出任男裝部的主管，算起來這已是十三、四年前的事了。

林主任難得到我家，通常一年只來四次左右，聖誕節及農曆新年，林主任是跟我們一起的，此外媽和我的生日，他必定來吃晚飯；像今天這樣的情形，是屈指可數的。

我不明白他為什麼還不成家，至少四十多歲了吧。小的時候，我叫他做林叔叔，想不起什麼時候改了稱呼了，大概是我懂得做針線的時候，在服裝店裏跟別人一樣的稱呼他吧。他看看我長大，我很敬愛他。他的笑，他的言談，永遠是那末溫煦、親切，使人有暖和的感受。林主任不比媽媽老多少，有時我暗中把他們並在一起想，心中不知有股什麼味兒。

晚飯的時候，媽媽對我說：

「潔芷，飯後我們去大會堂聽音樂，小提琴獨奏，有你喜歡的樂曲。」

我忽然想到撒謊，我不應該去，所以我說：

「不去了，今晚得趕着擬試題，明早又得到外面一趟。」然後我趕着向林主任說：

「請你代我照顧媽媽吧，我很喜歡聽小提琴，這次算我沒運氣。下回可一定請我。」

媽媽笑着說：

「我的骨頭還硬，足夠照顧自己有餘。早些睡，不用等我們的，音樂會可能散得很晚。」

我笑笑頷首，順便偷瞥林主任一眼，他溫藹地望着我，眼睛有興奮的光采。送他們上了車，回到裏面，我忽然覺得有點興奮，所以在廳裏走來走去，但是腦海卻是空洞洞的。

睡夢中，一陣響驚醒我，披衣下床，從窗幔後張望，果然是林主任的車，剛見他走過另一邊，打開車門，小心地攙着媽媽下車；年長些畢竟是不同的，他做得多麼好，多麼自然，多麼細膩啊！志成從不曾做過，我也不曾給他這樣的機會。

奇怪，媽媽並未立刻進屋，他們倚着車子在談話。林主任的身影，在淡月下顯出優美的輪廓。然後，媽開始向屋門走，走得很慢，他也是。

我鑽入被窩，立刻感到剛才的冷意，但是，我失眠了。

起床的時候，媽已去了上班，用過桌上擺好的沙律，我換上一件闊身大扣子的紅皮衣，穿上黑色的窄腳褲，到附近的市場買菜。這是我每天工作的一部分，我的小菜也弄得相當可口。有時太忙，沒空弄飯，便到店裏吃一趟，不過菜還是要買的，因為媽媽晚上回來要用。幸好我只教下午班，不然便有點兒糟了。

志成被調到離島區工作的事，的確令我感到悵惘，雖然那只是兩個月的暫時崗位。這幾天放學，我都是悶悶的踱到巴士站去。

一天晚上，當我踏出校門的時候，小玲忽然拉着我的手，眨着那雙大眼說：

「莫老師，爸爸說請你多等幾分鐘，他想跟你說話。」

起先我覺得有點奇怪，後來我想到那一定是跟小玲的功課有關，這倒好，反正我也在找機會跟他談一下。忽然我想起小玲的媽，所以我問道：

「小玲，媽媽很愛你，是不？她有沒有教你做功課？」

她眨着眼，羞澀地搖頭。

「但是她為你打扮得這麼整齊清潔，一定花去了許多時間。」我撫着她辮子上那對粉藍色絲帶結成的蝴蝶說。

「都不是，這是爸爸幫助我的。」她望着我說。

「你爸爸？他愛得你這麼深！這麼疼你！」

我正想再說些什麼，耳邊傳來那熟稔的口哨聲，雖然我只聽過一次。車門打開，我相信坐到前面，會看見他的笑臉，高高的鼻子，使嘴角兩旁的笑痕更顯了，車蓋上的小燈，灑下微光，他的臉色是健康的紅棕色。我聽見他說：

「莫老師，令你久候，不要見怪。」

我客氣地說了一兩句話，然後他又說：

「可否請莫老師到舍下片刻，有點小事請教，」他停一下說：「是關於小女的事，希望莫老師能抽出少少時間談談。」

我不想推卻，也不應該推卻，所以答應了。

李家的面積比我家大許多，而且佈置得很雅潔，客廳的鋼琴上放着一框相片，那是一張女人的照片；很年青，很冶，我想，大概也很野吧，不知是誰？

晚飯開出來的時候，我撥電話回家，然後大方地留下來。

李先生坐在我對面，我可以清楚地不着意的打量他。他的頭髮是天然地略鬈，不必梳得整齊光滑，隨意用手抹幾下，更顯得自然好看，眉相當濃，當他稍為皺一下的時候，那雙黑亮的眼睛更添深邃，情感更豐富。人中兩旁有薄薄的鬍髭，增加幾分尊嚴，但是他不會超過四十歲，因為他看來比媽媽年青。

飯後我們開始談小玲的事，小玲已在書房裏做功課。我們談及小玲各科成績發展的不平均，他把這些完全歸咎於自己在外面的時間過多，業務上的需要使他忽略了對小玲的照顧，然後他告訴我小玲媽媽的遭遇。因為他太愛她，太遷就她，所以她便養成任性倔強的脾氣，小玲剛入幼稚園的時候，她因為駕車失事而意外死亡。自此他便負起全部照顧小玲的責任。

他的聲音是低沉而憂鬱的，他皺着眉，深深地望着我。他的笑是牽強而有歉意的，他那有汗毛的手背，不自覺地擦着另一隻手掌。

我靜靜地看着他，聆聽着那低沉的語調，我有一些感觸：世上的確有許多有責任心的男人，也有許多偉大的父親，可惜我沒有這些福份，命運錯誤地安排了我。

「小玲很聽話，很令人疼，她從來不吵我。」他接着說：「不過她很孤單，很寂寞，我沒有太多時間伴她。」

我找不到適當的話，只是說：

「我很喜歡小玲，她太懂事了。」

「那麼，」他頓一頓，慢慢地說：「你能不能幫忙我，假如你可以的話。」

他的眼睛含有要求的成分，我躲開了他，然後說：

「請你說吧，我願意幫助你，只要我能做到。」

李先生的要求並沒有使我感到為難的地方，他不過想我抽點時間額外指導一下小玲較差的學科，譬如可以在放學時一起到李家用飯，飯後開始工作，或是上午抽個空走來一趟。

我考慮一下，覺得我雖然是小玲的級任，不過英文和算術並不是我教。因此我認為可以做到，而沒有一些原是必要的忌憚，尤其是考試的時候，所以我答應了。

他好像很快樂，我也是，但是我的快樂似乎是因為他快樂而有的。

如果不是小玲出來道晚安，我倒忘記了時間的消逝。小玲穿着鬆身的睡袍，放鬆了髮，披在肩上，活像一個小天使。她倚着她的爸，幸福地微笑着，貼着他的臉，吻着他的額。我忽然有一陣莫名的激動，我發覺眼眶有點淚，我必須走了。

李先生要用車子送我，不過我想在冷空氣下走走，因為我感到有些心亂。

「這麼冷，你不怕冷麼？」他俯視着我，他比我高出半個頭。

這時我們已站在外院的大門，我說：

「不怕，有時我喜歡這樣走一會，想些不着邊際的事，吹吹冷風。」

他在黑暗中笑一下，我好像感覺到他的笑痕，那掛在嘴角兩旁的長紋，是那麼深刻和明朗的。

「讓我陪你走吧，太晚了。」他在黑暗中抬一抬腕錶說。

「不用客氣，只是短短的一段路，怎好費你時間。」

「一定要，一定要。」他邊說着，一邊輕輕的迫使我踏上門外的行人路。

外面的確冷，路燈透着慘淡的微光，沒有一個行人，四周靜得像死掉，除了凌人的風聲。

我沒有話，他也沒有，沉默僵持在我們之間。

但是我心裏像有許多話，腦裏的思潮很亂。他呢？他會不會？真的感到冷，多希望他會走得近我些，但是他沒有。

快到家了，還有一個路口，他忽然說：

「莫老師平日多作些什麼消遣？」

「也沒什麼，多半看些文藝小說、電影，好的音樂會是必去的，無聊的時候，也會為自己裁裁衣，或編織一些小玩意。」我說。

「這已經很豐富了，府上熱鬧吧？」

「只有家母和我。」

「那麼，改天我還得探望伯母。」他說。

「謝謝你，家母也是上班的，李先生這樣忙，免了吧！」

「哦！你們都那麼用功。」

他聽到媽媽也工作，顯得有點奇怪。當然，他無從知道媽婚後十多年來悠長寂寞的歲月，全倚賴忙碌的工作而打發過去。

媽的房裏仍有燈光，是在寫日記吧？不然就是設計新裝的圖樣了。

我輕輕撥歪簾布，望着他的背影，那優美的輪廓，高大的身影，連他走路的姿態，都是那末悠閒舒適的，我在他身上發現一種迫人的潛力，散發着無形的成熟感。我知道自己在喜歡他了。

我不知道喜歡和愛有什麼分別，但是當我為喜歡而感受到痛苦的時候，我意識到這就是愛了。

以前我每晚坐志成的車，現在我每晚坐在小玲爸爸的身旁，偷望他的臉孔，欣賞他魅力的笑容，聽那低沉的語調，望着那悠閒的吸煙姿態，感受那男性成熟美的暖流，躲避那灼熱的目光。我開始有快樂與悵惘侵襲的苦悶，說不出的苦悶。我漸漸變得少說話了。

我常常想，不要去李家了，不要坐他的車了，隨便找個理由推掉吧。但是，我做不到。我缺乏克制自己的能力，又沒有人可以幫助我。早上的決定，一到放學的時候便完全崩潰。我企圖利用志成來擺脱我的煩惱，然而志成的影像太嫩弱、太模糊了，一下便被取代，反而使我更多想一些。連他在家披着晨衣那副隨便的扮相，都是那麼令我牽想。我感到內疚，因為志成在我心中已佔不到一點位置，雖然他不斷地給我寄信，雖然每週末他都和我一起渡過。我能幫助自己嗎？過去我以為自己夠強，如今我方知自己的脆弱。我開始知道，愛之所以能傷人，是因為它同時附帶了憂思。

我應該告訴媽媽不？我再三考慮。

當我決心跟她訴説的時候，一件無意發現的秘密阻止了我。

快近聖誕節了，媽媽的應酬也多起來。常常要參加太太們的宴會，又要為新設計的時裝作宣傳的展出。加上我有時不回家吃晚飯，因此我們倆母女竟然會一天內也碰不到面，除了用電話談話之外，我們也用上了字條留話。

那天，我吃完早餐，照例地到媽的房裏整理床鋪和清潔一下，當我移動枕墊的時候，掉下一張摺皺的紙。在把它拋入廢紙箱前，我照例瞥一下，發現那是一封長信，我知道不應該看，但是我忍不住看了下去。

是林主任寫給媽媽的，林主任天天見着媽媽，為什麼要寫信呢？我咬咬唇，決定看完它。信是這樣寫的：

素英：

多年來，我從未感到像現在這麼地吃力，雖然此刻我不過是拿着筆為你寫信。即使那天我親口向你說出心中的話，也好像比現在容易些，因為，我的心實在太亂了。

窗旁的那株萬年青，在燈影下，比起白天，它似乎老了，最下一片葉子，邊緣有一環焦黃。不久之後，它會帶着嘆息，看着中心那株嫩葉而離開母體。素英，你明白我此刻的心境麼？十多年的飄泊，孤單地踏着人生的浮萍，儘管我熱愛着工作，落寞的情懷，卻把我拖向渺茫的深淵。我已經不再年青了，萬年青尚有焦黃的葉，人生的歲月卻那麼無情，再過幾年，又再過幾年，連目前編織着的夢也湮滅了。

你說我們之間有一個很大的問題，不易解決，要為潔芷考慮一下。但是，潔芷已經長得那麼大了，她已經可以自立，堅強地站起來了。再過些日子，她和志成之間，已是毫無疑問的事，你還須考慮什麼呢？相處了這些日子，我們難道仍不認識彼此嗎？再說，潔芷很明白事理，她會了解你，也會明白我，你不應該怕跟她提及的，可惜你不許我向她說。素英，請你鼓起勇氣吧，你只須向她簡單地說一句，其餘的話，即使你閉口不說，她都想像得到的。只是，恐怕問題不在她，而是你自己，你把自己縛得太緊了，使我在初期有時候有點不認識你。我們都已是中年的人了，雖未盡知人生真諦，然而社會的風浪，無疑地增加了我們的經驗。別人的想法，別人的眼光，難道便能使我們畏縮不前嗎？

這幾天，你實在太忙的，其中有一部分是忙着躲開我吧？不過，我是等着的，十多年的日子也這麼去了，多等幾天算得什麼！即使我不幸地得到失望的答案，我仍然把我的希望保存着，直到永遠，永遠。

假使這封信增加了你的煩惱，那麼，請原諒我。

此祝

安康

敬明手啟

十二月十日

看完信，心中不知是惆悵還是快樂，我忽然感到眼中有淚，為什麼？為什麼？我很少流淚，是不是我變了？

我不要站在林主任和媽媽的中間，不能讓他們把重心放在我身上。媽媽真傻，她以為我會反對嗎？還是她羞於啟齒呢？她利用新穎的思想去設計新款的衣服，卻用守舊的頭腦來管制自己。媽媽對我盡了雙重的責任，是我使她緊縛了自己，我多麼抱歉，多麼慚愧，我能不為媽媽的幸福着想嗎？過去，我私下曾把林主任和媽媽想在一並，難道真有預感？

我站起來，在未想到怎樣做之前，必須像完全不知道一樣。所以，我把信箋壓入媽媽的枕下，把整理好的一切弄亂一些；走出房門的時候，我決定約見林主任。

媽媽和林主任訂婚那天，是聖誕前夕的前一日，也正是媽媽的生日。晚宴在家中做的，來客都是店裏的職員和家眷，以及少數的知交。當她站起來宣佈訂婚的消息的刹那，她那種明艷的光采，那溫柔而迫人的神韻，散發到客廳的每一角落。我走到媽媽的身旁，輕輕地擁着她，我衷心地祝福她，我快樂得流下了淚。

客去人散，夜闌人靜，林主任和媽媽到外面去了，大概是去夜總會吧！滅了燈，屋角的聖誕樹，閃着霓紅的五色小燈泡。我把那張迷人的夢幻曲放到唱機上。輕輕的音樂，把我帶到遙遠的地方。夜，這麼優美的夜，我是否在享受着這和諧的氣氛呢？

我進睡房的時候，媽還未回來，當然，這是一個值得慶祝的日子啊。鑽入被窩，輾轉了很久，仍不能入睡。近來，我常被失眠困擾着，李先生的影像一味在腦海中旋轉，我不應該這樣的，但是我不能幫助自己。他有沒有察覺我的改變呢？以前我常喜歡多説一點話，如今我變得默然了，尤其是夜裏當他伴我走回家的時候；

但是，他也不大開聲了，沉默伴着我們。有時，我偷偷地看他，偶然也會和他的眼光相遇，他便向我微笑，往往在我心底迴旋。然後，這感受與迴旋，在我回家後便折磨我，難受到極的時候，我只能低低地暗喚他的名字。

林主任的希望，媽媽的幸福，終於在共同的道路上相遇而融和了。如今，只有我為自己的失落而悲哀。

聖誕前夕，可愛的平安夜到底降臨了。那天中午，我無聊地在客廳編毛線，心裏煩得空洞洞，電話聲嚇了我一跳，我希望是志成的電話。志成說過他有兩天的假期，不過好像不是今天，我記不清楚了。拿起聽筒，那面響起一個低沉的聲音，很陌生，但是又很熟悉，我的心在跳着。

「莫小姐在不在？」

「我就是，你是哪一位？」我已經聽出是他了，不過我不想他知道我已認出他。

「猜不到我是誰嗎？我們差不多天天見着，說着話。」他在那面笑着說。

想着那溫煦的感受，我不能再裝下去了，所以我說：

「是李先生吧，有什麼事嗎？」

「不是要事，今天平安夜，小玲和我，都希望你能來我們家，如果你抽到空的話。」

他的聲音那麼溫和，他說得那麼慢，我恍惚感到他在那邊用他那深邃的眼瞳望着我，使我毫不猶豫地一口答應了，雖然今夜我們學校的同事已有一個派對。

放下話筒，我的煩悶一掃而空，他終於打電話給我，想一想我了。

李家的佈置，都是我和小玲合作的，他只站在一旁，靜靜地掛着笑容看我們，我很喜歡看他拿着煙那種柔和閒散的姿態，我不知道他心中想些什麼，多希望他能把我放在一個小小的地位。

李家的平安夜，沒有喧鬧的場面，小玲彈了幾隻簡單的聖誕歌，我講了一個故事。然後小玲和我迫着他也講一個，他笑着搖頭，一味不肯。後來我們一起合唱了幾首可愛的聖誕歌。十點半，小玲進去睡了。靜靜的客廳，只留下兩個寂寞的靈魂。我忽然有點不安。

他扭開唱機，放入一張柔美的華爾茲，然後他問我肯不肯跳一個舞。

小燈泡在眨，空氣那末寧靜，音樂這樣美，我的心那麼快樂和滿足，我感到很暖，很暖，我得到的實在太多了。

子夜彌撒散後，從聖堂到家的一段路，我們都沒說話，因為心中要說的，在教堂裏已說盡了。那溫煦的感受，深刻的笑痕，已不再折磨我。

在他們上機前，我把媽媽拉離送別的人群，走到一角靜靜的地方，告訴她我的一切。媽媽很奇怪不是志成，但她表示非常信任我的選擇，她要我小心照顧自己，等到她和林主任蜜月旅行回來，我們再詳細計劃一下。

飛機在機場上兜了個大圈子，沿跑道向空中上升，漸漸遠去；我把眼睛掠過場上那大片草地，驚奇地發覺它們已換上一層可人的嫩綠。

一九六五年

原刊於《中國學生周報》第六七三至六七五期，一九六五年六月

籬邊的音樂

——獻給E・L・P

翟克啜着滲了冰的伏特加，翻閱着早報。頭有點痛，不知是昨夜睡得不好，還是天氣的影響？窗外有毛毛的雨，絲絲的風，天色陰霾得令人皺眉。

巴士守閘員毆打乘客；梯間強劫老婦；阿飛開片；花甲老翁調戲女童……

他不勝其煩地放下報紙，嘆一口氣。

門響了幾下，錢司理進來說：

「經理，外面來了個應徵的。」

翟克看看腕錶，十時零五分，他想等到三十分才見人，後來覺得沒有這個必要，就說：

「叫他進來。」

他穿着一件鬆身開胸的灰毛衣，裏面是一件發黃的白襯衫，一條黃泥的鴨巴甸長褲；他相當高，但不很強壯，可以算是瘦長的，陽光熏過的臉掩不掉微微的蒼白。他站在門邊，高高的，靜靜的，透着一股耐人尋味的氣質。

「早安，先生。」翟克用英語說；因為這個應徵者不是中國人，他是一個白俄。

「早安，經理。」他用中國話回答：「我的名字是漢納．特洛斯基。我有一個中國姓，姓徐。」

東北口音的中國話。翟克的心像被揑了一下，臉上掠過一絲朦朧的痛苦。他做個手勢，漢納坐到桌前的椅上。

他們對坐着，一刹間誰都沒說話，恍惚要從對方的臉上和眼神找尋一些什麼。

「講一講你的經歷，可以嗎？」翟克溫和地說：「譬如，你吹喇叭有多久。在哪幾間夜總會做過。」

漢納聳聳肩，苦澀地笑了一下，恍惚自嘲地說：

「我差不多吹了二十年喇叭，我到幾家夜總會試過，結果他們沒用我。」

「為什麼？」

「也許他們不喜歡我，也許是我不喜歡他們。」他直望着翟克的眼睛說。

翟克有點失笑，因為他在漢納的眉宇間發現一層傲氣，一個求職者的傲氣。傲氣是什麼東西？可以填飽肚子？差不多每一分子的現實都是消蝕傲氣的腐蝕劑。但是他有點喜歡這個白俄，不知是因為他的氣質，還是他那帶有東北音的中國話散佈了一陣無形的力量，把人拖進另一個境界……

瀋陽的那段生活；瀋陽的那段愛情，那飛機的響聲；那震耳欲聾的火炮聲……還有血……

翟克掙扎了一下，他幾乎掉入回憶的陷阱去；多甜蜜的回憶；多可怕而殘忍的回憶。他迅速地問：

「你有出場的經驗嗎？」

漢納搖搖頭，他似乎不在乎一定獲得這個職位。

「你會吹什麼歌？」

「什麼歌都可以，只要給我一份歌譜。」他用手擦擦鼻子說。

他的手很粗，不像一個喇叭手的手。翟克的腦袋產生了一個若隱若現的問號；他已是個老香港了，這地方有着許多又高明又笨拙的行騙者，他知道他們的出發點都是為生活，但是他懶得去想，因為這是個社會問題。不過他不相信面前這個求職者會騙他，這是個需要考驗技術的職位。於是他向漢納說：

「跟我到音樂台去。那裏有喇叭，各種樂器，還有歌譜。」

「當然。」他站起來，不自覺地擦一下鼻子。

他比翟克高一點兒，他的鼻子是挺直而好看的，上面是一雙深藍的眼瞳，再上面是兩度濃密的長眉。跟街上所見的白俄相比，他實在有點不同，他也沒有留上一嘴鬍子。

他們走出經理室，經過酒吧間，咖啡座，最後來到表演台。四周靜得差不多沒有一個人，因為這裏要十二時以後才做茶市，而現在不過十點鐘多。看着這冷清清陰黯黯的大廳，真難想像夜裏將會有什麼情調。

台邊有一個小屋子，裏面放着樂隊的用具。漢納拿起一個喇叭，發覺上面貼着名字；他再拿另一個，翻過來一看，也有一個名字。他回頭看看翟克，翟克的臉上一片落寞，雖然他站在門邊，卻令人感到很遠，很遠。漢納覺得這經理有點特別，最低限度，他並不熱心考驗自己的吹奏技術；那麼，獲取這個職位的希望也會很渺茫。但是，他多麼需要這份工作，多麼急切地需要，因為他有一個可憐的妻子，整整八個月臥在醫院的病床上，絕望地等候那宣判的一刻，把痛苦遺留給生者的一刻；他還有三個缺乏教養的孩子，那麼幼小，稚氣，卻承受着上一代為他們安排的命運；他為什麼不能像自己的父親那樣，帶給孩子們一個幸福快樂的童年？亂世的後果嗎？社會的責任嗎？但是，無論如何他總是一個父親，是他把孩子帶到世上來的。

他的心向下沉着，滴着一顆一顆的淚。

救濟金幫不了他那麼多，他的妻子需要補養，雖然任何補養都是無補於事的浪費。他的孩子需要教育，他怕看他們在遊樂場邊攀爬鐵欄，怕看他們在廢墟裏翻弄，怕看他們在陰溝裏放紙船。他願意做任何工作，甚至出賣自己；但是，他不能向人哀求，血液裏有一種傳統的品質覊牽着他，即使他很願意厚顏懇求，但是他不能。

於是他隨便拿起一個喇叭，像行屍走肉般站到音樂台的中央。一張慘白無血的瘦臉，與三張污穢得亂七八糟的小臉，密密地纏着漢納的心，一顆滴淚的心。

那是一首很美很美的歌，但開始時翟克卻感到一陣陣的苦澀，看看那深藍發亮的眸子，一環光采中沒有一絲喜悦。他那粗大的手，熟練靈活地在喇叭上按着，他根本沒有看翟克，一眼也沒有，他只是望着遠遠的角落，角落外面的咖啡座，再外面是酒吧間，再外面是馬路。雨水洗淨了多塵的路面，雨水在路邊的溝中流着，小紙船在溝中流着，三張骯髒的小臉，三個濕黏黏的身子，六隻被雨水漂淨的小腳；小紙船在動，六隻小腳在動，三個聲音在喊，他們說：

「小紙船，小紙船，請你把幸福帶給媽媽。」

但是，小船慢慢散開，伸直，毀了孩子們的夢；孩子們霎着眼，臉上有水，沒有人知道是雨水抑是淚水。

不能再吹下去了，真的不能，他那麼牽掛着那三個可憐的孩子，令他感到內疚的孩子。他急切地須要見着他們，他要立刻把他們關在屋子裏，生一個火，說個故事，或者唱一首歌，或者什麼都不做，靜靜地擁在一起也好。他喜歡把孩子們的頭按伏在自己的胸膛，讓他們聽自己心跳的音階，他也喜歡用手去感受孩子們心窩那神奇的跳動，那是世界上最好的歌，最美妙的音樂。

漢納放下喇叭，翟克望着他溫煦地微笑。

任何求職者都渴望老闆們的笑容，不論這笑臉後究竟堆藏了多少難測的物事，最低限度它能獻出一絲渺茫或自欺的安慰。

漢納沒有做聲，他在等着，用眼睛在翟克的臉上探索着，他聽見翟克說：

「我喜歡這個歌，我以前沒聽過。」

「我知道，」漢納說：「我以前也沒吹過這樣的歌。」

「只這麼短短的一節嗎？」

「是的，只這短短的一節。」

「沒有歌名？」

他想了一下，低低地說：

「籬邊瘦草；可憐的籬邊瘦草。」

他說得很輕，差不多等於喃喃自語，他的臉上透着一抹迷濛的苦澀，使翟克感到自己正在咀嚼着一點什麼，好像是漢納的心聲，又好像不是，總之說不出所以然來。

「吹首輕鬆點的歌，讓我們因你獲得這份工作而歡樂一下。」他遞過一份歌譜，揭起琴蓋，回頭再向漢納說：

「你知道嗎？到這裏來的人，大都希望用金錢來買一點歡樂，我和你，都不必去觸摸顧客的靈魂。」

於是，他們兩個分別在自己的樂器上，合奏了一首充滿跳躍的歌。

錢司理在外面探頭進來，他跟了翟克五年，第一次知道原來經理竟可以做琴手。

漢納得了這份工作後，便不再去做修路的散工，白天陪陪妻子，或是教教孩子，夜裏便去上班。他很沉默，又很規矩，換場子時，他總愛坐到咖啡座那玫瑰壁燈下，靜靜地啜着黑咖啡，有時翟克進來，他們便談一會；翟克是個很好的老板，喜歡跟職員聊天，而且從不擺架子。

漢納做了三個月另兩天，他的妻子終於咽了氣。

那是個莊嚴肅穆的殯儀，在宗教儀式下進行着，到來祭弔的都是白俄，除了翟克。看着那些穿了大印花布的婦女，以及那些寬衣闊服的男士，翟克不忍把記憶投入過去在哈爾濱那段光景。戰爭，一次，兩次，以及零零碎碎的災難，渺茫而頹喪的流浪，逝去的歲月；上了三十歲的人，總不容易洗掉這如夢般的留痕吧！何況他已經四十四歲了。

沒有人說話，大家都為死者默禱，他們的臉上只有肅穆，沒有悲戚，連漢納也沒有，三個孩子的眼睛，在這群默禱者的臉上穿梭來回。

為什麼沒有人哭泣呢？有一點哭聲，總比此刻沉悶悶重甸甸的氣氛來得舒暢；翟克感到有點窒息，他也真有點怕這些白俄，他們總是沉默默地一聲不響，連平日在街上走路也是這個樣子，很難從他們臉上察出感情的波動或改變。有一次，他走過醫院附近，看見幾個白俄在那裏掘地，搬泥，默默地低着頭，搬完一車又一車，他忽然感到鼻腔升上一陣子辛酸。事後他不住地問自己：為什麼會這樣？為什麼會這樣？

房裏開始有聲音，先是推動椅子的響聲，接着是告別的語聲。他們說着自己的話，翟克不大懂，他迷惘地看着那些印花布，搖擺，旋轉與飄動，最後漢納來到他面前，輕輕地說：

「謝謝你，謝謝你來。」

「我應該到的，」他拍着漢納的背說：「不要太難過；把孩子帶到我住所，商量一下明天的工作。」

他點點頭，他的眼睛透着憂鬱的深藍，臉上掛着一絲慘慘的笑意說：

「告訴我，翟克，像你這樣好的人，香港有幾個？」

「不要把我看得那麼好，香港有許多比我好的人，他們都會做很好的事，但是沒有時間去做，沒有機會去做。這是個繁雜的社會，不是嗎？單是適應已消磨了人們的志氣。」

「但是，我不了解這裏的人。」漢納望着停車場上的汽車，這時他們走到殯儀館的大門，孩子們靜靜地跟着。

他繼續說：

「以前我在哈爾濱，我以為自己已經了解他們。」

「以前？只有傻子才講以前。」翟克嘲弄似地說：「在香港，我們講的是現實，是今天；過了今天，明天我們說話或做事，也只是另一個今天罷了。」

他們在一輛黑色的奧斯汀旁邊停下，翟克打開車門，三個孩子一擁進了後座，而且不約而同地去搶那吊在車後的紅衣囡囡。

翟克的家有簡潔而優美的陳設，他拉上了簾布，扭開了電視機，三個孩子躲在沙發上，顯得有點瑟縮。

兩個大人便在書房裏談話，書房裏還有一座鋼琴，琴上放置一框照片，照片上有一個穿着長袖旗袍的唱歌少女，還有一個坐在旁邊的少年。

漢納知道翟克沒有結婚，現在他可以聯想到一段淒涼的故事。

他們說了很多話，但誰也沒有涉及過去，最後他們談到孩子的教養，翟克想了一下，然後說：

「我心目中有一個地方，不知你會不會合意。」

「說吧！無論什麼地方，我都信任你，」漢納說：「不過，我在香港的日子也不會多，我們快要走了。」

「我知道。」翟克說，帶着一點兒感慨。

他為漢納燃上一根煙，緩緩地走到窗畔，再為自己燃上一根。

窗外暮色蒼茫，不遠處有一座山，山上有一所修院，附有一間寄宿的慈善性質的學校。修院裏住着一個人，一個終年戴扣着黑色頭巾裏着黑服的人。

他望望山，看看琴上的照片，心頭泛起一種又熟悉又陌生的感受。他買了這層房子，為的是要捕捉這點痛苦。他把鋼琴放在書房，也是為了要享受這點痛苦。他的愛情已經死了，但是他的記憶沒有一絲退化。

香煙上的火燄灸了他一下，他有點失笑，每次都是同樣的火燄打斷他這唯一而溫馨的苦楚。於是他問道：

「日子已經定了吧？」

「還沒有，過去批出了一次，因為太太病，大家都留下來；這一次，相信不會很久。」

「目的地呢？」

「巴西，」漢納噴出一口煙說：「大家都去巴西，也好有個照料。」

「你討厭香港這樣的地方吧？」他望着那白濛濛的煙圈。

「不是的，在香港也有在香港的好處，可是我們根本不適合，不容易有朋友，不容易有職業。大家都像籬邊的野草，可以有，也可以沒有，這樣下去，都成寄生蟲了。我們都得為孩子想想。」他頓了頓，噴出一口煙，繼續說：「到了那邊，也許我們會有一片可以幹活的泥土，為自己，為別人，生活也算有意義些。」

翟克本想說些什麼，但是一陣難言的感覺哽在他的喉頭。

傭婦進來通知晚飯；他撥了電話回辦公處，吩附了錢司理一些要做的事。

他們來到那座修院，已經是幾天後的事。

他們在院長的辦公室內見到了那戴着黑頭巾裹着黑服的修女，她身前的十字架閃耀着眩目的光輝，匯合了她雙瞳裏智慧的光芒，只是她右面那隻輕飄飄的衣袖，不斷地拂嚙着翟克心底的疤。

離開辦公室，他們經過院內的聖堂，裏面正做着薄暮彌撒，神父在講聖經，修女進了去，三個孩子也進了去，兩個男人在門邊一站，聽見神父說：

「……生活中，必須容忍一切艱難，如疾病、痛苦、窮困、親人的死亡、淩辱和一切不順心的事。我們應該注意，這世界的煩擾，正是天主愛我們和願意救我們的憑據……。」

他們轉過身，踏下石板鋪成的斜路。

這時，他們聽到一群黑衣修女在唱：

「世物，我向你們告別，我甘心放棄你們。

我不再是你們的，我也不是我的。

我可愛的至上，求祢接受我，

作我心靈的王，管理我。

世物，我向你們告別……

……。」

有雨，粉末般的雨，也有霧。

他們仰望一下霧中那霓虹的十字架，那驕傲的十字架，然後默默地上路。

一九六五年

原刊於《中國學生周報》第六八八期，一九六五年九月

狗種

「二百零五號，有人看你。」門外那隻臭狗搖着大鎖說。

說他是臭狗一點也不為過，塞他兩個錢，他笑起來牙齒比眼大；就像一隻饞嘴的惡狗，一塊牛骨就收買了。

我把口涎吐在掌上，往臉上抹幾抹，再撩起囚衣把臉擦一轉。今天是星期四，媽媽又來看我了。

阿桂望着我，他的排號是二百零六，他的眼睛在這黑暗的角落顯得特別亮。

「怎麼樣？阿桂。」我說：「乾淨不乾淨？鬍子是不是太長？」

「走啊。」他說：「絮絮叨叨的，像個女人。」於是我只好走開，阿桂不了解我，媽媽看到我這副亮相，準會淚汪汪的流個不停。我不喜歡看別人流淚，媽媽的淚像針，一針一針地刺入我的心。

「XX媽，走不走，不走老子就關門。你又不是老倌出臺，裝什麼相？」那臭狗在吠着。

照我往日的脾氣，這場架是打定了，因為他的話侮辱了我媽。但是現在我只能乖乖的跟他走，我已經把媽害得夠苦，再鬧事，媽的心就會破碎了。

狗在前面走着，一擺一擺的，好不威風；長廊兩邊還有幾個掛着槍在當值的傢伙，也是威威風風的。但是他們在我眼中只是狗，我就差不多宰了一隻這樣的狗，才被送到這裏來的。如果不是為了媽媽，如果我有一顆炸彈，嘿，先宰了這些狗種，放出所有的人，好壞鬧他一鬧。

「十七號窗。」狗說：「不准超過十五分鐘。」

於是我站到窗前，隔着鐵線網望着面前的女人。她根本不是我媽媽，她看來不會超過三十歲，或者更年青一些，幾絲皺紋過早地出現在她的額上，嘴角刻着兩條深深的苦紋，最倒霉是那雙眼瞳，像春夜霧中的燈籠，迷迷濛濛的，隱隱透着說不完的愁苦；真是個討厭的女人，看着她你以為天就快塌下來。

「你站錯了位置，知道嗎？」我說：「請你走開，讓我媽媽過來。」

她笑了一下，笑得慘兮兮的，天花板透下來的光也是暗暗的。

「沒有錯，」她說，她的聲音低沉而微帶沙啞：「你媽媽今天不會來，她有病。」

「病了？什麼病？嚴重不嚴重？看過醫生沒有？」

「好孝順。」她冷冷地說：「告訴你，她這個病全是你氣出來的，安樂了吧。」

我的心被斫了一角，血在胸內汩汩的流。我望着她那片刻薄的唇，望着那對愁苦的眼睛，忽然鼻腔湧上一陣辛酸。我咬咬牙說：

「你怎樣認識我媽媽？我以前沒見過你。」

「你當然沒見過我，在法庭上你像隻垂頭的喪家犬，永遠背着我這面。」她輕蔑的說：「我就是王立強的女人。」

原來是王立強的女人。娶一個這樣的女人，難怪他要倒霉。王立強就是那只幾乎被我宰了的狗，當他抽出那支繫在腰際的棒，沒命的打我幾下，打出了我的火，我順手在檔上拿起盛醬油的大瓶朝他後腦一敲，他就伏在地上淌血。

可是現在我沒有時間想這些，媽媽病了就叫我心煩，這討厭的女人偏又盡兜彎子說話。

「聽見沒有，」我抑着腔調說：「你怎識我媽媽？怎樣知道她病了？」

「嗤。嚷什麼？總之男人都不是好東西，」她嘆一口氣，抬起那雙霧濛濛的眼向着我：「你們鬧出事，讓我們女人活受罪。我男人是劣貨，我這輩子是被他害定了，可是你還年青，何苦意氣用事，使你媽傷心，她的頭髮白去一半了啊。你不想想她以後的日子，一個人在那小巷的木窩裏，鑽出鑽入，幹這朝那，一顆心卻掉在你這兒。食不下，哽不進，還得提起精神到外面幹活，巴望捱到你出來，再過一段團圓的日子……」

她說呀說的，說得我眼前模糊，淚漕漕的一臉濕濡，心裏盡想罵她兩句，聲音哽在喉頭喊不出來。

她忽然蹲下身子，叮噹噹的攪了一陣，端了一碗湯上來，湯裏浸着幾塊雞肉。

「吃吧。」她說：「你媽已經躺下兩天，沒什麼大不了，只是想着你。」她又慘慘的嘆口氣說：

「講起來，是我那劣貨害了你們，案子了結那天，我就去看你媽，現在我隔幾天便去一趟，她還有福利局照顧，你少擔心。」

她見我呆呆的站着，便催促說：

「喝啊，別讓它冷了。」

我端起湯，和着眼淚一口一口嚥下去。甜甜的湯，流入我的心吧。沖淡我心頭的苦吧。哦！媽媽啊！媽媽。我收不住我的淚了。

放下碗，我忽然覺得面前這個女人一點也不討厭了。她那麼和氣，斯斯文文的微笑着，她的眼睛依然像帶着春夜的霧，卻透着無限的憐和愛。

於是我說：

「謝謝你，王太太。」

「喏，別這樣，」她說：「我沒管好丈夫，這聲王太太叫得我好慚愧。」

這時我想起一件事，便說：

「同房的阿桂是這裏的常客，他說他們不會把我在這裏關足二十一個月，很可能送我到離島做工；我只擔心媽媽。」

「我那男人也這樣說，我也跟你媽講過，事情到這地步，走着瞧吧。」

我還想再說什麼，那臭狗便吠了。他說：

「二百零五號，夠鐘。說不完的話留到拜山再說。」

我轉過頭，狠狠地直盯着他，他避開我的眼，喃喃地說：

「ＸＸＸ，坐監坐得蠻威風，真是牛皮做人臉。」

我走到通門，轉頭還看見那雙霧濛濛的眼。

回到監倉，阿桂還是那個式樣坐着，好像練印度瑜珈術的盤腿。我懶得逗他，自顧自抱膝坐到另一角。要想的事真多，要做的事真不少，但是缺乏自由的人能做什麼？心亂如麻的人能想什麼？想來想去，腦袋一時綳實，一時空洞。

於是，晚飯的時間來了，阿桂用手搭着我的肩一齊走，瘦小的身軀輕得像猴，我推開他，免得被那些狗說我們犯規。

晚飯跟早飯一樣，吃不死人就是。天天都是幾片黃瓜，半碗米飯，十多個小小的馬鈴薯，一撮黃豆、兩三片油炸鹹魚頭和幾條小魚乾。好運的話，還加上一片大頭菜。初來的時候，怎樣也吃不下，但是你不吃自然有別人承受，所以後來也就慣了。慣了之後，漸漸又再吃不下，不過總不會餓死，中午的兩大碗魚粥倒頂合胃口。三十多天的時光熬着過去，沒人管是痛苦抑是麻木。

我不能不佩服阿桂，他臥在號位，張着嘴巴呼呼的睡着，口角流着涎沫，做着他甜蜜的夢。他進出這座監獄許多次，每次出去了，總想辦法回來。外面的世界已經不屬於他，社會不容納他，世人的眼光鄙棄他；職業、住所、生活，他在外面都不可能得到，惟有在這裏，他找到失去的一切，感到安全和滿足。

阿桂不想重新做人嗎？決不是的，他沒有機會啊，他已經碰得焦頭爛額，連一絲的自尊也消蝕淨盡了。他的經歷，會是我未來的寫照嗎？阿桂流着淚對我說的事，會是我未來同樣的對另一個新進說嗎？心裏顫了一下，真的不敢想了，窗洞鑽入來的燈光，又不斷地擾着我誘着我。

站起來，攀拿着窗洞其中兩根根圓的鐵枝，可以看見廣場的一面和那高高的圍牆，圍牆何必築得那麼高呢？我們根本就是沒有逃命的機會，除非想嚐實彈的滋味，那工程師也真過慮了，但是牆外那株高大的榕樹，掛上青淡淡的煤氣燈，卻使我為它瘋狂了，我四周都充滿着黑暗；舐着黑暗，而那光又永遠不能觸一下。爸爸啊，給我一點光吧；媽媽啊，給我一點光吧；法官大人啊，能施捨一點光？

但是王立強坐在原告席上，翻開着那對陰黠眼，用手擦着鷹嘴鼻，冷冷的笑，他的頭雖然纏着綳帶，又有什麼相干？他不是笑得很快樂嗎？只留下我在後悔。爸爸的話沒有錯，那年，我只有十四歲，爸爸就從八層高的棚架甩下來，躺在急救室的床上，我拉着他粗糙的手。媽在一旁流淚。他向我說：

「明森，記着我的話，你命造中，五行欠水，火氣實在盛一些。將來凡事都得忍，識得忍字訣，總可消滅一點妄災，你已漸漸長大，我把媽交給你了，知道嗎？」

於是我強力忍着一眶淚，緊捏着爸爸的手，一味的點頭。

「還有，」爸爸的精神忽然很好，瞳孔亮亮的照着我説：「命中注定，你會有剋星，小心防範，遠離小人啊……。」

然而，我能遠離小人麼？連爸懂得麻衣相法也不能。爸爸原是國內大學畢業生，唸的是法政系，媽媽是桂林師範的學生，自從流亡到這裏，爸爸就在七十二行中打轉，轉呀轉的，再沒有一個帶笑臉的親戚，再沒有一個熱情的朋友。所以放學後我去西區替人送雲吞麵，媽媽串膠珠；憑着一副還算硬朗的軀體，爸爸從泥工做到墳場的打石工，晚上打起汽燈在榕樹頭擺開檔子，搖着摺扇，替人看起相來；有時日間沒有工開，便在巷口接寫家信，後來建築行業吃香，爸爸就幹起三十元日薪的搭棚工人，這樣我便十四歲了，我和媽媽在淒苦中承受死別的慘痛，這個家唯一的男人便是我了。

我在工廠做了五年，吸灰塵，吸棉絮，吸煤氣，吸汗臭，但是我很快樂，因為我已有足夠的錢開一檔雲吞麵；媽媽顫動着手，在招牌板上寫上了「明記」，「鮮蝦雲吞」，「嫩綠油菜」。媽媽寫得一手好挺秀的瘦金，幾個斯文的顧客就大聲地稱讚過。許多中學生也指手劃腳的把牌上的字和他們學校的老師比較。媽媽微笑地洗擦碗筷，我特別在他們每碗裏多放兩粒雲吞。賣蔗的阿李，替婦女梳頭的四姑，和只有一張理髮椅的榮叔，他們都是我免費的顧客。於是，客人漸漸多了，於是，嗅覺靈敏的饞狗就來了。

起先來的狗倒算純良，塞飽了饞嘴，再照我以前在西區的經驗，依着規矩，居然好好的過了一年。

那天下午，太陽仍然溫煦可愛，但是我總感到異樣。那是個新臉孔，陰黠黠的眼，鷹嘴鼻，口角掛着冷字一樣，三天來下午的陽光，不能融掉他嘴角的一點冷。我想起爸的話。

第四天，他坐下來了，當然，我是個守規矩的人。

第五天，他伸出三個指頭，我和媽媽皺着眉搖頭；晚上，生意很好，但是我沒收入，他們在那裏坐了三個鐘點，走的時候跌了一地碗，我和媽苦着臉搖頭。

唔，第六天，事情就發生了。我從未看見過一個做事那麼輕鬆自如的人，他拿起盛湯的瓢子，把雲吞一瓢一瓢的倒向渠邊，筷子和碗兒逐一掉入湯裏。於是吃着的學生們就走了，所以媽媽開始下氣哀求，後來就拉着他的手，他翻翻眼，把手一推，媽媽跌在渠邊呻吟。

我已經二十歲了，還怕一隻狗？我跳下來，朝他肩上擠一把，他就托托托的退幾步，那雙陰黠眼在噴火，抽出腰際那根棒向我亂敲，這樣我的火也來了，順手拿起大醬油瓶……。

他沒有死，我以二十一個月的牢獄生涯換取他一攤冷血。

他們問：

「你蓄意傷害他，為什麼？」

他們問：

「為什麼不聽他的勸告，維持社會秩序？」

他們問：

「他倒地上，你還要拿刀子，為什麼？」

為什麼？為什麼？為……什麼？爸爸啊，我只是後悔沒聽你的話，管他們那些為什麼？

我倦了，那光仍然擾誘我，但是我真的倦了。我閉上眼，把自己埋葬在黑暗中。噩夢中一陣震動，駭然睜眼，阿桂正用手推我，那張瘦小的臉鑲得一對好牛眼，他在向我說話，他的聲音出奇的溫藹，他說：

「別像個撒尿娃娃了，睡着了還咿咿啞啞；鐘已經響過，該到外面啦。」

我擦擦眼，慚愧的苦笑；想的真多，夢得真多，我還想到籠中的小鳥，還夢見動物園裏的豹。

於是我們就來到廣場蹲下，蹲在昨天的位置，前天的位置，大前天……。

一九六六年

原刊於《中國學生周報》第七一三期，一九六六年三月

拒

「我反對洛山所提出為新作者出版書籍的建議，」胖子說：「你知道，做人總不能不現實；老闆的資本雖多，我們做職員卻不能任意把錢作冒險的投資。」說着，他用那肥肉纍纍的手掌抹一抹鼻尖上的汗。鼻子真小，比起來，他的小指頭還可能大一丁點。

老闆瘦小的臉，隱在雪茄的煙霧中，只露着讚許的眼神。

幾個編輯部的職員，臉上附和的笑恍惚浮現黃蓮的暗影。

冷氣機在作輕微的咆哮。

洛山噴着煙，萬立煌端起咖啡喝一口，同時做出一個同意的表情。但是洛山帶來的那個青年卻沒有，他跟早先一樣，沒有笑，也不作半聲地注視那肥臉上顫動的小肉。洛山和他進來時，室內的人們已在討論着，因為洛山沒有作公式化的介紹，而各人也不曾理會。

「為了鞏固本社的資金，我有開源節流兩個方法，提出來讓大家參攷參攷。」胖子望一下上司，又驕傲的看一眼他的下屬。他是這家新辦不久的出版有限公司的總編輯、司庫和股東。此刻，他像支配了室內所有的人。

「其實嘛，這開源節流是二而一不可分的，」他用肥脹的手在下頷輕揑幾下，恍惚頷下有束美髯般，說：「宇文光現在很紅，不是嗎？我們在為他出版的書中，附加一頁徵求本社基本寫作會員及優待讀者的辦法。大家知道囉，本地的青年最近掀起一股寫作熱潮，大家都肯掏腰包辦些定期或不定期的刊物，我們不妨將這一點加以利用，聲明凡加入本社為基本寫作會員，本社得聘時下名家負責批評他們年中寄來的創作。水準之作，亦將由本社介紹到各大刊物發表，或由本社輯成集子出版，稿費全歸作者，長期水準高的作者，本社將羅致旗下特約寫稿。」

歇一口氣，他繼續說：

「自然，我們真人面前不必說假話，這些都是開源法的幌子，目的只在吸收大量的青年參加，每人每年只收會費十五元。我以為加入的人不會少，原因之一，宇文光是青年偶像，他的書在市場上很吃得開；其次，我們開出一系列時下名家作顧問，憑我這一點面光，相信這邀請沒多大問題，再不，洛山兄也可幫幫小弟出面；再其次年青人花十五元去追求一個作家夢實在化算。假設有一千人加入，我們就可以淨收一萬五千塊……。」

他吞了一下口涎，自得地掃視在座的人，卻同時感到一股莫名的推壓逼向自己，喉頭有點窒塞。他端起咖啡，喝兩口，那股推壓仍然無形地迫近，使他感到吃力與迷惘。他有點惶然的再望向座上的人，忽然像觸刺般碰着對面那一張年青似笑非笑，以及鑲在上面那兩度灼熱的眼光。推壓此刻像利刃，撬着他的心門，他覺得痛苦、壓縮和窒息，同時也感到異常憤怒；他失常地瞪着這不知名的青年，但對方卻毫不畏縮地默然看着他。

好像是洛山帶來的。一個狂妄的小毛頭。他差不多要發作了，如果不是要利用洛山的才能，他就一把併攆了出去算了。

他盡量壓抑憤怒，額上卻滲出了汗，他掏出手絹，掩飾地抹着額和眼，企圖遮斷那兩度利刃般的目光。

這時萬立煌開口了，他說：

「然則老總邀請作顧問的名家，是否須要批閱我們這些基本寫作者的文稿？我們又付得出多少聘金？這種互相抵銷的結果，是否如老總所言的化算？」

「化算化算，當然化算。」胖子嘿嘿的笑兩下。笑得像一隻站在墓碑上的貓頭鷹：「老萬你真是怎麼啦！說過名家只是顧問，那些小伙子寄來的稿，各位只要瞥上一瞥，真好的可以留一留，劣的乾脆投入廢紙籮；若是人家來信問及，只覆一張通告，說明來稿已交有關名家批閱，一俟文稿交回本社，當即奉回；又隔一段日子，可叫總務部按址寄上小疊稿紙，諸如此類……。」

他忽然停住了，幾個職員立刻諂媚的附和着，老闆在閉目微笑，室內的煙霧濃濃淡淡。

但是胖子卻在那年青人的目光下感到無地自容。

那是一圈光芒中透着鄙夷、賤視與狠毒的匯合，像一團團的溶岩，在冷氣機的咆哮聲中迫向自己。

腋下滴着汗，氣鼓鼓的肚皮濕濡濡的脹得難受極了，那圈光芒卻又倔強而愚昧地不斷在自己心頭鑽掘那不知多少年前似有同性質的種子。好像一世紀以前，好像兩世紀以前，他的確曾在寫作的園地竭盡心瘁耕耘，他曾期望種子茁芽、開花而結果，人們將以無比的歡愉與信服捧閱他的創作。哼，年青人。年青人總有太多的夢，太高的理想，太令人討厭的嚕囌。

當他為自己的失常而感到幼稚時，卻原來大家都正等着他說下去，眾人的目光也似乎有點異樣。

他覺得難受，甚至不知道再說什麼好，所以就隨口問身旁的一個職員：

「老林以為怎樣？」

「老總的主意頂好，」老林阿諛地說：「只不知那些留下來的文稿如何處理？」

「哦，這個嘛，我早想過了，」胖子立刻又得意起來，嘿嘿地假笑了兩下，說：「在座各位差不多一把年紀，這年頭為生活想到腦筋發霉了。這些夠條件的文稿，正可作為我們任何一位寫作的資料。編書校稿，諸位正熟悉不過了，只要略加整理配合，一本集子是不難編成的。」

停了一停，他又說：

「洛山兄是內行人，有意見但請說出來討論討論。」

他看一看洛山。他看見洛山蹙着眉，噴出的煙朦朧了他的神情，但是洛山旁邊那青年人的臉卻在煙樓中掙得落日樣的紅，鋒利的目光如長矛般直衝胖子天靈。他後悔看洛山，後悔接引這股無形的壓力，他恍惚聽到無數的斥責、唾罵，他看到一隻被盈千盈萬螞蟻寄居侵蝕的大象，每一個毛孔都有蠕蠕鑽行的小昆蟲，大象在輾轉哀號，血像雨絲，細細地染潤地上的黃砂。

很痛苦，好像一噸山泥壓在心胸，呼吸欠通暢。這個討論會過後再討論也罷。但是他還是不甘心，他花了多少心血技倆，經歷了如兩個世紀積聚的苦難，才掙到此刻能使喚別人的位置，如今竟無緣無故的氣餒。

憤怒在惶惑中再度燃燒，燒得渾身不自在，汗滴自脊樑流入後臀。憤怒中他環視眾人，他看到的只是詫異疑問，眾人恍惚一下子對他所說的一切都不相信，一世紀前的折磨又再重現，忍不住了，真的忍不住了；他立起身，壓抑着衝動，禮貌地退出這令他不能呼吸的罩網。

老闆也說聲禮貌話踱了出去，室內頓時顯得輕鬆與自由，洛山用手搭着年青人的膝上說：

「怎樣？聽不慣，是不？」

「嗯，」他說：「洛山叔，你要介紹我在這兒的一份差使，趁着還沒跟老闆提及，我看不說也罷；這個樣子，實在幹不下去。」

「也好，有機會再替你找找看。現在大學生這麼多，飯碗可不易拿得着啊！」

「我知道，」他說：「但是，洛山叔，你居然在這兒耽得下啦？」

「孩子，你可曾注意到洛山叔耳凹上的毛髮。」

於是，他就真的開始用心注視起來，同時看到洛山那一雙溫煦而遲暮蒼涼的眼瞳，他立刻垂下頭。良久，一滴淚緣頰跌落在洛山擱着的手背上。

一九六六年

原刊於《中國學生周報》第七三一期，一九六六年七月

絃動的時候

阿治揑着手中一片細長而尖的葉兒，順着平行的葉脈一絲一絲的抽扯。日子真的這麼苦嗎？七八月還望不到正常的雨，太陽像烘燒餅地烘得人沒處鑽，稻田裏的龜裂像踏破一面玻璃鏡。早先已經去了三個大風，菜苗、茄子、玉蜀黍，盡在一個日子毀掉，青中透黃的殼粒兒浮在水面，浮得人好不心痛。

但是知風草依然挺着近尺高的身子，又怯又傲的半露黑紫色的穗，阿治一咬牙拔起一株，揑着莖兒一數，七個節子清楚得毫不含混。不到你不相信，一個節子一個風，阿治雖然在私塾坐過兩年，這題數可不必揑指頭也算得準。

日子真的這麼苦嗎？但是小光坐在門邊的大麻石，亮着火水燈在啃着：「農家樂，穀滿倉，稻滿坡。」在啃着：「鴨鵝肥大割田禾，家家戶戶唱山歌。」

阿治用力吮一口紙煙，煙味直鑽喉門，嗆得他黑臉露上青筋。小光今年十個立春，該知道爸爸這種生活，學堂裏的先生真是懂得東來不知西，壓根兒辨不清山芋和芭蕉的葉，分不開稻田的幼苗和嫩草。他本來很喜歡聽這個「農家樂」，小光讀起來又快又像唱歌；自從那一次他叫小光解釋過之後，這個歌有時候令他心煩，像現在，帶着肚子的阿治嫂在月光下剁切着餵母豬用的草茜，刀敲在木頭上，一撞一撞的，小光的聲音再好聽也不管用，何況那株知風草莖兒上的節子，一圈圈的盡向自己腦袋罩，渾身莫名其妙不自在，他皺起「川」字眉心，喉嚨咕咕嘟嘟的想說又不想說，最後還是忍不住大聲向小光喊道：

「不要唸這個，鬧得爸爸腦袋脹死了。」

小光立刻收住聲，火水燈微弱的光仍然閃得自己看不清爸爸的臉。爸爸的臉黑黑黃黃，上面印着兩片薄唇和一個大鼻。他喜歡爸爸的臉，不喜歡學堂裏先生的臉，可是爸爸的臉最近變了，一下長了不少。小光記得很清楚，那是第二個風來過之後的事，爸爸已經不再喜歡聽自己唸的「農家樂」了。

爸爸是很笨的，小學三年級的書都看不懂。忘記爸爸有多老了，學堂的先生比他年青，前面巷子趙家的大哥兒又更年青。不懂的書拿去問爸爸，總是一句：

「到前面問趙家大哥去。」

不懂的算術拿去問爸爸，總是一句：

「到前面問趙家大哥去。」

唉！爸爸真像欄中的牛，一味往田頭鑽；不過，小光在學堂被先生敲了手掌，回家只要向爸爸懷裏挨着，爸爸的大手在自己頭上抹幾抹，心裏就舒服得奇怪。爸爸總是好的，不理他有多笨。

「小光。」爸爸在說話了，聲音多沉，爸爸不快樂時便是這樣。他有點害怕。

「小光，過來這邊。」

於是小光就站起來，兩隻眼的溜溜地看着媽媽。

阿治嫂停了手，不知道男人發脾氣時為什麼總像把自己甩得這樣遠。她的生命中只有阿治一個男人，平時談談說說，兩口子那麼和諧那麼近，阿治一不快樂大家就隔了座山，一兩天移不去也說不定。

小光躺在阿治的臂凹上，身底下兩塊長麻石涼得叫人說不出的舒服。

「小光，」阿治說：「你知道我們靠什麼生活？」

他點一下頭，心中想着爸爸問得很笨，就像學堂裏那個新來的女先生，挽着個大手袋說：「各位同學，誰猜得出袋裏有什麼？」一樣笨。

「告訴我，」阿治說：「農家的生活快不快樂？」

「別人就快樂，你不像快樂。」

「傻孩子。」他輕輕地把臂彎緊一緊，挾着小光的脖子。

屋簷的上空，有疏落的幾點星兒，在迷濛的月光下隱着現着，小光數完一顆，不知怎地又不見了一顆。這個時候最好不跟爸爸說話，盡量去找星星，找星星……。

別人真是快樂麼？阿治想。這年頭，太陽、風雨、旱，哪有日子讓耕稼人有喘息時刻。生活的擔子跳跳跺跺，跳在阿治嫂餵豬用的草茜上，跳在阿治和水牛的肩背上，撻在所有耕稼人苦澀的汗滴和呻吟裏。

早幾年，每逢節日，村子裏頭還幾次熱鬧，但是跟阿治二十歲時那光景已不能再比。早幾年的四月尾，廟裏燒串大紅炮，拜過關帝，幾個父老就帶着村裏的壯丁，敲鑼敲到河邊，把泥藏的龍船挖起來，洗洗擦擦，河水沖到腰兒涼涼的。那個時候，年青人不必盡往田裏鑽，龍船出身再上色，還得編好隊來練划術。端午一過，便忙一陣子，到了七月，落鄉的戲班就來了。東南角的大空地，傍老榕樹搭個戲台，十元八塊的有臉子的票子，不愁沒人買。還有下鄉的麒麟、醒獅，還有……。

這一切在什麼時候變換，阿治可不十分知道，正如臉上不知何時會鑽現一條紋。但是阿治明白，農忙的代價，就像鄉中為新娘子做嫁衣的姊妹，苦處湧在喉頭吐不出。煤煙從鎮上的新工廠的煙卣噴出來的時候，幾個從城市來的人引去了在河裏撈草茜的年青女人。唔，就是這樣，青年人就走了，走到縣上，走到城裏，遠遠離開鄉村，離開種田的生活；投身到有煤煙噴出的地方。

阿治可沒進過城，但兩里路不到的鎮上就夠瞧了，人們穿體面的衣服，小小的女孩也都捲着髮，穿皮造的鞋子，人家的皮膚可不像自己和鄰人那末粗糙黝黑。這兩年，村裏的女郎們一個個跑到鎮上的工廠，剪掉了過腰的髮辮兒，換過花布衣，居然漸漸肖起鎮裏的人。男人棄了耕稼，在城裏的建造地盤弄個搬石抬泥的工作，回鄉時就穿了白白的襯衫和有拉鍊子的褲，說話裏頭帶三分城裏人的口音。

然而，田頭的活兒留給誰幹？有氣力的人走了，老頭子老婆子就騎着犂耙有一搭沒一搭的賣命認命，好不容易捱到菜苗五六寸，禾稻露了穗，一個風就掏盡了人的淚，榨乾心裏的血。壯丁回家時就說：

「阿叔阿娘，這耕稼的活兒停了就算，養隻母豬，拿錢去買些草茜來餵，鎮上領些塑膠花膠珠穿做，總好過白白辛苦。」

於是，田地開始長草，蚱蜢就多起來。城裏的人和鎮上的人就動了心眼，依兩角錢一方呎的計算，把好幾畝田一下子租上幾年。僱十來個鄉人，搬來磚瓦木石，沒花多少光景便搭成一幢幢的平房。田裏的青蔥日漸減少，夜來田間不再一片漆黑，躲在土中的蟲兒，在這些突來的光亮中受了驚嚇，也都噤聲起來，青蛙在夏夜低低啜泣，紡織娘的家搬了又搬，蝌蚪開始絕種了。

有人打算造一間大工廠，後來阿治知道做不成的原因是離公路太遠，又沒有水電。又有人向阿治提過價錢，要租下他那兩塊地。他沒有考慮就拒絕，但是好幾晚眼睛闔不上；租田賣地算是對不起祖宗的事兒，自己這一代雖然沒本事創業，卻可不能不守業，村裏的兄弟不爭氣是人家的事，我阿治在祖墳前可挺得起胸。

但是鎮上城裏的人愈來愈多，阿治聽說那面的房子價錢貴到令人不相信，好幾十塊錢的租金只可以放下一張床，還得躺下七八個身子，哪比得在田頭自己花一百多蓋一間房子自在。不明白壯丁們為什麼仍然奔向城裏；女郎們去了就愈少回來；城市難道喜歡吃鄉下人麼？鄉下人的肉真是又粗又苦，就只有心頭一片嫩。

風來風去的那個日子，阿治的腦筋就不時在建造地盤打轉，守着田硬撐，好比打腫面龐充胖子。心的確動了好幾回，總有聲音斥責着；小光的那個「農家樂」就撩得自己要跳起來。前巷的趙家是城市來的，家裏的大哥騎腳踏車到鎮上讀中學。人家在這裏住了三年，確知農家只在苦中求些微樂處。趙家先生在城裏寫字間做事，一個月總有六七次回家，卻不提外面有什麼好，趙先生閒談時說的那些字眼，像純樸、醇厚、虛偽這一類，阿治就是模模糊糊的半懂不懂，歸起來一句話：趙家的人以為城裏不好住；種田的年青人討厭鄉居。阿治有時想，人好像河裏的魚，走了一些又來一些，太陽依舊曬得人好炙，不管你喜歡不喜歡，汗滴和淚點同是鹹得有點苦澀。

草茜剁切完的時候，阿治嫂就用個大麻袋裝起大部分，小部分留下來餵家裏一隻母豬和一隻肉豬。裝起的明天放到地堂曝曬，冬天來的時候，自家的肚子也到了不能泡在河裏的光景，如果母豬十月產下十一、二隻小東西，十二月就可以賣掉，剛好用得着調養嬰兒過年。到那時節男人可會辛苦得多，拔菜、挑擔和買賣都得一身包攬，小光只能幫輕一點兒操作。

收拾好之後，阿嫂雙手投木盆一浸，抽出來往身上抹兩下，看見她的男人瞧着天在霎眼，她便把入睡的兒子抱上床，轉頭拿了葵扇坐在門邊搧起來。好熱的天氣。兩里不到的鎮上，又電燈又電扇，二十幾年了，市面的電卻不曾被帶引到這個如此接近的農村。三、四年前村長曾逐家詢問誰願裝上電線，五百多家人中點頭的五十家不到。當然了，年青人都走了，龍鍾的入黑就躺下，裝上電線掛上燈泡難道不花錢？清早就到河裏，泡個大半天才撈到拖泥帶水的草茜，回來還得在魚塘慢慢洗好捲好，像一個個的枕子，第二天挑到鎮上才賣得五、六塊錢，單拿這個苦賺來的錢去裝電線已令人心痛。

男人在嘆氣，嘆得好深好長，嘆得阿治嫂湧上莫名的眼淚。她知道丈夫想到城裏做工，但是丟下田地，兩母子可做不來。她不知道他要進城，不過是一種對現實和對他自己的逃避，但是他有責任心，所以比別人多一些痛苦。阿治嫂只隱約捉摸着一些，所以她推不掉她和他之間那座無形的山。

阿治忽然若有所覺地側過臉。小光剛才點的那個火水燈還亮着，他看見他的女人那雙泫然欲涕的眼睛，透着好多好多說不出的話。他感受着，他發現她了解他，但是以前，以前的生活不這樣，以前沒有這樣的夜晚。生活的絃線一下子合併起來。

他收回他的思潮，向她說：

「你少擔心，再苦的日子我都負得起。」

她就說：

「那麼你不要時常嘆氣，讓我也安心做活。」

「我常常嘆氣麼？」他說：「我可沒想到呢。」

「你看欄裏的牛吧，」阿治嫂說：「背着犂耙的日子在嘆着，吃草料的時候也是，但是我們還得要牠工作。嘆息改不了什麼。如果大家都丟了田地，牛隻都要趕進殺牛房去了。」

「就是這個話。眼下就要牛兒陪我們受罪。」阿治苦笑一下說：「多來一個風，牛兒的儲糧錢跟人同樣減少，大家抖着一副大骨頭和瘦臉，種田人自家沒得飽，聽得人心酸氣悶。學弟兄樣子，到城裏扛泥開石，好壞也得找滿三百塊，誰管天上落風降雪。」

「不要想壞了心。」阿治嫂說：「要是城裏個個安穩，住到田地的人哪處來。這一輩子算定了種田，不種田的日子留得小光自己去找。」

「我可沒後悔生下來做耕稼人，我種的東西有得賣，有人吃，我就高興；只是，我只是……。」

他忽然覺得心煩起來，沒法子說下去。

只是，只是什麼呢？哦！只是工廠由城裏移到鎮上，由鎮上推向農村，農人就走了。但田地不能移到城鎮去，卻乖乖地留待文明人來踐踏，養幾頭鴨豬狗，栽幾行花兒，一霎眼抹掉農人的汗滴和辛酸。怪只怪種田人不爭氣，怪只怪人們只顧做工業而輕視農業，陽光只愛別人。

雲層遮去了彎月，一陣來風滅了火水燈焰，黑暗中阿治只看見知風草蓋上七個節子，一圈圈由屋簷的上空罩下來，他痛苦地閉上眼。

一九六六年作，一九八三年改正

原刊於《中國學生周報》第七四〇期，一九六六年九月

門後

九月的晚午。炎熱。黃昏的將臨並無意味熱浪消滅。

工廠響起一陣長鳴的汽笛，長長的煙卣噴出一股濃密的煤煙，恍惚一下子抹濛夕陽的餘暉。

通過廠房的柏油路的彎角處，出現了第一道的人影，跟着是兩個、三個……一大群。嘩叫、謾罵、粗言、穢語，與及一張張刻畫着渴望回家的臉，在雜沓的腳步下，經過那株慵倦的尤加利樹，經過廠門旁邊那鑲嵌着透明玻璃的小室，走出大門……。

薩頓．穆罕默隔着玻璃，靜默而半帶憂鬱地目送最後一個背影；他們的工作已經完了，他的正在開始。他做這個已經十多年，從三十歲多做到五十多，從晚上七點鐘到另一個早上的七點鐘，在黑夜中渴望着黎明，以慵倦迎接別人的朝氣。討厭的生活；可愛的生活；哦，生活萬歲。

廠的大鐵門近來好像愈來愈難關了，那麼重甸甸的不想動；是自己老了，氣力不濟？還是機器古了？無論如何，明天得到廠房說一聲，叫他們加加油；不過，這又要被他們取笑了，那幾個可惡的中國人。笑他不打緊，然而他們準會說他被老妻罰站了一整天，這就夠無聊。老夫老妻，怎得會像年輕人，儘想着那些事兒。

一身子的汗，汗珠從頭巾滲到額角和兩鬢，那束鬍子也有點濕濡濡的。他迅速再鎖上大門兩旁那兩度厚厚的小鐵柵，然後抖開胸膛，掏出手帕，舒舒服服地抹個痛快。尤加利樹垂着長形的葉子，微微地搖動，像要抖掉一天的疲勞，用新的姿態來伴陪這個把它栽種成長的司閽人。不遠處的住戶人家，已開始亮了燈，他的家呢？他在想着：也許亮了燈，老妻在為他造頭巾，小兒子在桌上做功課，大兒……哦，他不自覺地撫着口袋裏的信，信是大兒寄來的，藏在袋裏已經幾天，日夜伴着他，信看得差不多會背誦了，但是他一想起來便要再看。

走入那門旁的小室，這就是他的小天地了。捺亮燈，靠在那張長腰身的籐椅，他以一種莫名的激動抽出那封摺皺的信箋——

爸爸：

我很快樂，但是也很痛苦。

我的快樂純粹是自以為是的，腳站在祖國的地面，呼吸着故園的空氣，吃我們自己出產的食物，每一張臉上的歡愉或愁苦，同樣地給予我親切的感受；這些，都是我多年的渴望，可惜這一切都不在我學成歸國的理想中實現，戰爭把它們提早推給我。戰爭。殘殺。哦！爸爸，我就是為戰爭而感到痛苦。

不過，我並沒有後悔回來，我現在正上着人生的第一課，以後也許還有更多的體驗；每次當我憑弔那遭烽火劫難後的小村，看着兀鷹啄着湖畔的殘軀，我的感覺也加多一分麻木。我不知道，當這一切成為過去之後，我會是怎樣的人。

傷兵，盡是傷兵，自己的，敵人的；他們知道我學習醫科，所以把我安排在後方的傷兵服務處。多好笑，我還沒有學完，現在已經被當作醫生了，沒有辦法，醫生少，藥物也不足，何況我們還得照顧俘來的傷者。前天，我為他們中的一個刮膿，他咬着牙，忍着痛，哼也沒哼，只是默默地倔強注視我，勾起我一絲依稀的童年夢影。他的臉焦了一半，他的右手已經殘廢了，他的右腿也捱了一槍，手術過去後，他啞着聲音問我說：「你是不是阿佐？」

沒有人這樣叫我，就是他，我額上那個半吋長的光疤，就是他弄的，記得嗎？爸爸。那年我在德里讀小學，就是和他同座的，那天我和他在紅堡的大廳捉迷藏，廳裏有許多柱，他躲在柱後，推了我一把，撞在圓墩上；後來先生叫他認錯，他沒有，他就是默默地倔強地注視着我。爸爸，他原來是那個可惡的諾雅。

他對我說：「阿佐，當年我沒有道歉，現在，你總算報了仇了。」

於是，我們就流淚。

德里、紅堡、哈什米爾，一切都那麼遙遠，那麼朦朧。但是，晚上我坐在諾雅的床邊，我們還是談着那處的雪山、谷地、湖泊，與及運河兩岸遍佈着粉紅色的蓮花和紫色的鬱金香；後來我就為諾雅寫一封家信，再後來我們又談到拉哈爾那座紅色和有三個大白圓頂的大教堂。爸爸，你知道嗎？拉哈爾附近打得很熱鬧，過幾天，我和隊友都要調去前方，那時就沒有時間給你寫信了。

告訴媽媽我的快樂，別告訴她我的痛苦；告訴小弟別學人穿花綠綠的恤衫和窄窄包臀的褲；還有，你不會讀那面的報，那末，當白先生走的時候，請他喝一杯旁遮普的茶，問問他從報上知道的消息。告訴他我懷念他。

有一天，當戰爭結束，我會回來繼續未完成的學業；大家都在祈求着這一天的到來，我希望它不會很遠。

神佑

愛兒　佐林

看完信，薩頓．穆罕默覺得眼眶有點泫然，他擦擦眼，小心地摺好信箋，放回口袋。人老了就不中用，一封看過多次的信，再看還是慢慢的，他讀書本來不少，可是離開本國這麼多年，在這小埠中難得有機會閱讀自己的文字。看他的小兒，說中國話比本國話多，寫英文比寫本國文字還多，這種現象，誰改得了？白先生說過：這叫做適應性，也可以叫做同化。想起白先生，他站起來，從牆角拿起那支守夜用的長槍。

繞過那高得像小丘的煤粒堆，會計室的燈亮着；白先生每夜都走得晚，九點十點可沒一定。佐林說：白先生本來是個醫生，但是他的證書在這埠頭不管用，所以做會計，再看書來參加政府舉辦的合格考試，不過考不成功，理論和實際經驗未必沒有距離。佐林說：白先生教我許多事，都是醫學院沒教的。佐林說：白先生的遭遇是一頁辛酸史。

怪不得白先生有時滿懷心事，就像這幾天一樣。白先生比他稍為年輕，但是雙方在人生的途程上起碼也走了一大截，彼此都嚐遍世路風霜。所以，他從不在發覺白先生有心事的時候去撩他，以免觸及別人的隱痛。世人儘管國籍不同，但歡樂與哀愁的感受，相信沒有大異。

不過，佐林的信已經在袋裏歇了幾天，這個時候，他很可能已身在前方。白先生每天都看報，一定知道消息，廠裏還有許多中國人看報，不過他們從不真正地答覆過他的詢問。而且，他們只熟悉馬和狗，馬和狗是這兒的人最關注最理解的事，連一個不肯唸書的十歲小童，都知道哪隻馬或哪隻狗最熱，哪隻冷和哪隻不冷不熱。生活真千奇百怪，活上一個世紀也看不完，哦，生活萬歲。

聽見腳步聲，他立刻站到小室的門邊。白克濂已走過柏油路的彎角處，步聲在黑夜特別容易聽到，一拍一拍的，緩慢而略感沉重，朦朧燈影下，那本來是碩大的身形，此刻像一團沒有形狀的灰物。

於是，尤加利樹；於是，白先生說：

「哈囉，薩頓。」

「白先生這麼晚。」

「唔，每晚都一樣。」

他囁嚅一下，說：

「可願喝杯茶？是旁遮普的茶葉。」

他望着這個多鬍子的司閽，煤氣燈下他的鬍子是灰黯的，他的黑眼瞳透着異樣的光。他閱讀着這眼神一會，然後問道：

「你有話跟我說，是嗎？」

「關於佐林。」他回答。

有一陣風，風吹動他的鬍子，他的聲音有點像在風中顫跳的微粒。

於是，他們在室外擺兩張椅，中間隔着一張四方木櫈和兩杯熱茶。

「佐林有信來，」他說：「他想念你。」

「嗯。佐林是個好青年，」頓了一頓，他繼續說：「他的生活怎樣？我的意思是——他是否習慣？」

「他感到快樂，」他想着信中的話，說：「自然他也會習慣；戰爭會提早一個人的成長，不是嗎？」

白克濂沒有回答，他默默地啜一口茶，茶很香，但是在喉頭留下一絲苦澀，像薩頓的話一樣。這是個有頭腦的守夜人，三年前他來廠做會計，認識他們兩父子的那晚，他就知道了。這幾天心情不好，他不想談深入的話，這些話會無意挑痛舊痕。

他抽出兩支煙，遞過一根，說：

「食過好彩，人人好彩。」

對方沒有說話。他忽然為自己的逃避而失笑，於是自我解嘲地說：

「讓我們祝佐林好運氣吧。」

「白先生，」他說：「你知道嗎？他很佩服你。」

「嗯。」他含糊地應一聲，他的心感到慚愧，於是他說：「孩子都是敬佩別人多於自己的父母，你和我小時都一樣。當我們在學校時，教師說這樣，我們就做這樣，父母教我們時，我們總是說：先生不是這樣教的，先生說這是不對的。」

薩頓笑起來，捋一下那束鬍子說：

「就是這樣，所以佐林什麼都叫我問問你。他可能去了拉哈爾，那是個大城，他說附近打得熱鬧。報上一定提過，你知道的，是嗎？」

他本來微笑的聽着，但是拉哈爾現在已是個欠缺笑的地方，自從九月六日以來就是了，戰火已越出了哈什米爾，雙方都用動了陸軍和空軍，彼此都用傘兵破壞對方要塞，坦克也出動了幾百輛，並且用空軍掩擊；生命在那裏是最貴又是最賤的，兀鷹有吃不盡的糧食；把這一切告訴這擔憂的父親嗎？痛苦不會一下子吞沒一個人的心，而是一分一分的嚙着。

他考慮一會兒，作了個決定，說道：

「報上的消息未必可靠，聽說熱鬧已經過去，安全理事會正在呼籲雙方和解，聯合國秘書長宇丹兩面奔走斡旋，見過阿育汗，也見過沙斯特里，很可能會達成一項協定。」他噴出一口煙，再說：「聽過安全理事會和宇丹嗎？」

「沒有。」，他搖搖頭，低聲回答：「他們……都很重要麼？」

「當然，」白克濂說：「不過，不認識他們也沒關係，做人有時知道少些，比較容易安樂，反正事情到底要過去。」

「多渴望那事早日了結。佐林的離開，我切實傷心過一陣。」

「你應該傷心，因為你愛他；愛需要眼淚，天下的父母都為子女傷過心，甚至淌過淚。你不會為一個不愛的人傷心。」

「真是這樣的，白先生，真的這樣的。」薩頓說：「那天佐林對他媽媽說要回去打仗，我大力反對。我說：你差不多完全在這個埠頭長大，在這裏吃飯，在這裏受教育，可以說不欠國家什麼。但是他說：爸爸，如果我不欠國家什麼，你就欠得更多，你安安樂樂在這個埠十幾年，拿別人的錢，說別人的話，你沒有本來的面目了。白先生，你看，就算我是拿別人的錢，說別人的話，也是為了養一家和教育他，不見得就安安樂樂，他傷了我。後來想想，他是氣在上頭說的話，也不能怪他。」

白克濂再燃上一根煙，薩頓的話使他感喟着。年光不倒流，他們的年青時代只留下一堆未實現的夢影，壯懷逸興依稀在眼前浮游，下一代的臉孔又一張一張的由遠而近，由近而遠。

「為什麼我們都不了解下一代，而他們也不嘗試體會我們啊！」

他的心也在扭着，因為，他和兒子的距離實在太遙遠了。

他有兩個兒子，大的一個，早已在韓戰毀了，這段距離就永不能縮短；小的一個，現在是個技術人員啦，但是彼此的思想領域不同，圍牆愈築愈厚；他哪裏還算有下一代？他只孤伶伶地在這小埠，這會計的職位，還是他從前一個學生介紹的，這個學生現在是這裏的合法醫生。

柏油路左面的草地，有一隻螢火飛落矮樹叢，他也從遙想中脫出來。好像聽見聲音，他抱歉地立刻問道：

「什麼？」

薩頓好像已經望着他一陣子，這時說：

「我沒說什麼。」

「哦，」他伸一伸腰，看了腕錶一下說：「該走了，這麼晚。」

「累你少休息了，白先生。」守夜人說着，拉開椅子，從褲腰抽出鑰匙。

「不、不，」他說：「反正悶着，難得有人聊聊。」

他們走到右面的鐵柵，一個在開啟門鎖，另一個在他的肩上拍拍，說：

「少擔心，佐林會照顧自己。」

他安慰的笑笑，大家擺擺手。

「晚安。」

「晚安。」

一切又回復沉寂。

杯裏有喝剩的茶，捨不得倒掉，拿起來一把喝光。這是從一家印度店子購來的茶葉，可以咀嚼着故園風味。

再背上槍，他繞過煤堆，循着職員辦事處，一路的作一次公式化巡邏。但是一九四七年他背着槍巡邏時可不公式，那年他在為國家的主權獨立鬥爭中出過十分力量，贊成獨立和擁護與印度合併者的紛爭，回教徒與非回教徒的互相屠殺，幾乎毀了他這多難興邦的國家，每一條生命都像烈風中的紙鳶。哼！我欠國家更多？年青人！年青人！年青人啊！阿育汗當年也只是陸軍裏的一個將官，大家的血也滴入同樣的泥土，野戰的山頭難道沒有大家的糞？多難的國家哪，從前你要我，現在我要我的孩兒；我的鬍子已經白了。

矮樹叢有點小小亮光，那是什麼？嘿，一隻螢火，這是你該來的地方麼？嘿。

他忽然一腳踏下去，再踐幾踐，心裏正感到快意，但是一陣疲勞的感覺也闖了進去。

躺挨着長腰的籐椅，隔着玻璃望着遠處那顆亮亮的星，怪舒服的。許多晚沒有看它囉，但是有什麼關係，它今晚還好好的在那兒；白先生說，熱鬧快停啦，事情到底要過去的嘛。

那顆星竟然黯了？有一堆黑雲……，有一隻灰馬，馬上……？馬上騎着一個黑色的……黑色的怪物，它的手上有一封信。

「我的名字叫做死。」怪物禮貌地微笑，笑中透着絲絲的涼意。

「我正去通知應召者的家人。」它又大聲說，然後殘酷地笑起來。

灰馬跑向東邊。

啊！東邊，他和同鄉們的家不都在東邊嗎？

「喂！等等我。」他追過去説。

「哈哈哈……。」它笑着。

「等等我！」

「哈哈哈……。」

到了。前面便是他們的居所，怪物把信拋到地面，掉首而去。

信是給九號屋的嘉比太太，沒有封口，他抽出來：

「我抱歉通知你，你的兒子……。」

他沒有看完，掉下信，立刻趕回他的崗位守夜。

但是，灰馬又來了，笑聲更冷了。

他提起槍，欄在路心，顫怒地大叫：

「死！停止。我説停止，聽見嗎？」

「我去通知應召者的家人。」它冷冷地說。

「不許你去。」他喝着：「不許你召任何人。」

「哈哈哈……。」它開始策動那匹灰色的馬。

於是他開了兩槍，一槍送給它，一槍給馬；可是一封信忽然搖晃晃的飄送到眼前，信面寫着：薩頓．穆罕默先生。

他大叫一聲，倒在地上。

他擦擦眼，手濕濡濡，全身也濕濡濡，籐椅翻倒，臀被槍柄擱得怪痛的；他站起來，脫光了上身，用頭巾揩抹着，星光燈影照着他凌亂微灰的兩鬢，與及眼角閃着的淚光，還有那身已見鬆弛的肌肉。

那顆亮亮的星已吊到半空，但是距離黎明還很遠哪。哦！漫漫的長夜啊，漫漫的長夜……。

原刊於《中國學生周報》第七四九期，一九六六年十一月

面譜以外

昨天夜裏她又失眠了，早上起來，眼睛乾澀澀的很難受。奶媽好像到菜場去了，她只好走進廚裏自己弄杯咖啡，也懶得放下糖塊，就挨着沙發輕輕地啜着。

暑假對我有什麼好？她想：這段日子腦袋有時全是空白的，夜來卻有許多東西朝裏面鑽。開學後就好了，開了學，大半天面對着正在成長的學生，小半天批改習作，時光容易打發些，不像現在挨過白天又害怕黑夜。

電話的鈴聲嚇了她一跳，拿起話筒，他在那面說：

「哈囉！」

她沒做聲，她一聽見他的聲音就湧起傷感。

「哈囉！」聲音平靜而慈祥。

她輕輕地嘆一口氣，幽幽地擱上話筒，立刻走進房裏，伏在枕上抽咽起來。

「今天媽媽死了，也許是昨天，我不清楚……」她想着那本小說的開始，不知道為什麼會想到這些，但是如果化身做小說裏頭那個莫洛蘇就不錯，莫洛蘇是男人啊。如果我是男人，昨晚便不用看小說來「殺死」時間，今天我已經和女朋友到郊外了。莫洛蘇從送葬行列回來，想起阿爾及爾那些街道上的耀眼光燈，便愉快地睡個飽，次日約了女友游泳和看諧趣電影，跟着又發生關係；可是我呢？我是個女人，是個女中的教師，是個令爸爸放心得下的女兒。

「大姊！」小弟在房門口喊着。她起先還以為他不在家。

「大姊，」小弟說：「你的電話。」

「知道了，」她說：「叫那個人等一會兒。」

她站起來掩上房門，對着鏡子抹去淚痕，又裝着愉快地向鏡裏乾笑幾聲，才踱到客廳去。

「喂？」

「哦，素珊嗎？」他問。

「唔，」她笑起來說：「原來是你，對不起，累你久候。」

「生我氣麼？」他和藹地問：「剛才拿起了電話也不跟我說話。」

「剛才？剛才你打過電話來麼？小弟可沒告訴我。」

「別騙我，素珊，」他在那邊說，他的聲音很低，低沉得使她又想流淚：「小弟都告訴我了，你切實咒我幾句吧。你不快樂，難道我會麼？」

「可是我真的沒騙你，」她乾笑着說：「剛才我接的電話是校裏的同事打來的，我們約好了下午茶。我用得着騙你麼？像這樣的小事。」

「那我真抱歉了，」他誠懇地說：「昨天婉兒來了，我們去了音樂廳，不知怎麼一直想不起給你撥個電話。你知道，婉兒真是個好孩子，昨天夜裏我很快樂呢，婉兒差不多伴了我整個暑假了，只有這段日子我才是她的爸爸似的。」

「你快樂我就高興了，」她說：「昨天晚上我也在大會堂，不過我們在電影院，也許比你散得早一些，不然可以碰上了。」說到後來，她故意輕輕地笑，但是她的心卻在扭着。

「哦！原來你也出來了，那真好，我還猜你在家等我的電話呢。」

「原諒我沒有，」她說：「我有預感，我知道這是婉兒和你的日子，我不會插在別人的天倫樂裏面。」

「你一定恨我吧？我這樣的拖累着你。」

「不要說這些了，」她說，她的眼眶已經浸着淚：「我的愛心還未蝕爛，以後的日子誰願去想。我要到外面去了。」

放下電話，她挺一挺頭，硬生生的把想淌的淚壓回去，這時忽然真的想到外頭走一趟，便去換過衣服，略為修飾一下，挽起手提包就走。

街上的人，走呀走的，一身子的汗也不抹一下。笑起來的樣子像哭，苦着臉卻又似在笑。眼睛望向鞋尖，太陽即使像氣球在半空飄搖也惹不起眼。五呎多一點的人也弓着身走路，好像整個宇宙都由這些可憐的人類擔架起來一般。這樣的生活，比起不同類的螻蟻，究竟哪一種幸福和快樂些？

電影院告白的三點女郎笑得好開心。但從裏面出來的卻有太多的苦臉。

孟甘穆利．奇里夫為什麼死得這樣早？這麼好的演員；他只是四十五歲，那麼成熟安全的年齡。一個人寂寂寞寞地住在寓所，又寂寂寞寞的死去。他不能為愛他的人留下生命。為什麼不呢？

「對不起，小姐。」那外國人說：「沒碰痛了你吧？」

「沒什麼！」她紅了臉。

「我可以請你喝點什麼嗎？」

她搖搖頭，匆匆地向前走幾步。

「你知道，婉兒真是個好孩子……。」

當然了。可是我呢？我不是孩子了，我只是個可憐的情人。我最好避免讓婉兒看見我們耽在一起，不然婉兒會告訴她的媽媽，她媽媽便禁止婉兒來看爸爸了。原來離婚還有這許多枝節。呃！不是離婚，是比離婚還要痛苦的分居。

去年聖誕節，好一個火樹銀花的日子，如果二妹不開那個舞會，如果妹夫的臉嫩些，一切就平靜如昔了。

那天她穿着霓藍色的旗袍，掛一串銀珠，齊肩的長髮上綴一環淺色絲帶，嘴角貼着笑意在替客人調酒。

他走到酒吧間看着她說：

「聖誕快樂！」

她抬起頭，向他謝了，她忽然發覺他已經不屬於這年青的一群，他愉快的笑臉散着隱隱的輕愁。

「可以為我調一杯頂幸運的酒嗎？使我明年得到諾貝爾醫學獎。」他微笑而和煦的說。

她用威士忌為他調好一杯說：

「這是一杯五彩繽紛的美酒，祝你明年獲得諾貝爾醫學獎。」

這樣他們就笑起來。

「你喝酒好像喝水，一些也不覺苦澀麼？」她問。

「有人說我喝水像喝酒，」他說：「今天是狂歡的日子，喝什麼都不會苦澀，讓一切苦澀的都到地獄去，讓快樂和甜美籠罩人間。」

她默然看着他，他憂鬱地淺笑回望着。

他伸出他的手，這樣他們就踏着拍子旋轉起來。

是誰的錯呢？假如二妹不是……。假如不是妹夫……。但是他應該惹我麼？一個有分居妻室和女兒的男人。我為什麼跟他理上了？當我知道這一切以後。

「小姐，看不見綠燈麼？車子還沒走完，這樣過馬路兒嬉一點兒吧？」一個交通女警在她身旁說。

她警覺地打量一下環境，幾個路人好奇地望着她。

原來走了一大段路，待轉過那尖頂的教堂後面，便可以見到志清家裏的露台了。

按鈴的時候，她聽着屋內柔和的琴聲。

「伯母早！」她微笑着說。

「哦。是宋小姐，臉色不大好哪，」伯母攙着她走進裏面說：「這個天氣在外面跑，當心翳壞了。快坐一下，我到後面替你溫一杯牛奶。」

「謝謝伯母！」她軟弱的說。

一個多細心的母親，她想：如果我也有個母親，爸爸便不會再去買廉價愛情，家裏便有人跟我說話了。

「素珊，見到你真高興。」志清站在她面前說。

她默然笑一下。

「瘦了，臉色有點蒼白呢。」他說：「昨晚我碰見孟醫生和一個十一、二歲的女孩，是他的女兒吧？我要寫篇影評，所以看了《緬甸豎琴》，本來想約你，但是星期日，我以為……。」

她不發一言，微笑地諦聽着。她笑得那麼凄迷，他意識到自己的殘忍了。

「哦。素珊哪，」他坐到她身旁，輕輕抹着她的長髮，難受地低聲說着。

她依然微笑着，但淚已悄悄淌出來了。婉兒是個好孩子。外面的雲更濃，窗邊的盆栽葉兒動也不動的為什麼？

「國棟九月要結婚了，」他望着窗外說：「結婚之後，他們一起到國外工作。十年同窗，十四年心腹相交的朋友又少一個。大學時期的還有幾個，中學時就少得很了。」

「動物都是這樣的。」她嘆一口氣說：「可憐的動物！」

這次他沉默了，他感染了她的煩鬱。

「你自己呢？志清。」她問。

他苦笑一下，說：「我在等着呢。我是男人，我可以再等幾年。」

他的話刺了她的心，他知道，她知道，她知道他知道。

「喝杯熱牛奶吧。」伯母進來，不等她說謝謝又出去了。

她端起來呷兩口，說：「我走了，請替我謝謝伯母。」

「我送你吧，反正我閒着。」

「不用了，」她說：「真的不用，我還要買點什麼，你來就不方便了。」

他嘆一口氣，默默地替她開門。

「詩集印好的時候，簽個名送我一本。」她說。

多麼好，殺去一個上午的時光了。

「今天媽媽死了，也許是昨天，我不清楚……。」她又想着那本小說的開始。

下雨了，雨滴很密很大，九龍塘的路全沒有可以避雨的地方。

雨點從頸後流入背項，頭髮也濕了，睫毛黏起一些。

「要車嗎？小姐。」一輛計程汽車好心地停在她身旁。

她搖搖頭。

為什麼要車呢？這樣涼快舒適，這樣寫意，好久不曾有這中學時代的玩意了，一身的煩悶跟着雨滴落到腳下，願它隨水流吧。她忽然想起一首歌，便隨意哼起來：

「淒淒秋雨灑梧桐，寂寞驪宮，荒涼……。」

雨滴從面頰流入口內，淡淡的，比嚼淚時的辛酸快樂多了。她有點慘然地笑着：

「……慘綠愁紅……。」

前面有一雙男女走過來，男的提着花綠的女裝雨傘，女的靠在男人身上，兩個濕漉漉的身子，挨呀挨呀的，像兩隻直立的爬蟲，那傘撐了等於沒撐。

她覺得好笑，於是笑起來，大聲的笑起來，身子笑得彎了。那兩個人駭然地走過對面馬路，匆匆地半跑半跳，這使她笑得更厲害了。

一瞬間，她聽到自己的笑聲，在淅瀝的雨歌中顯得有如荒郊的狠嘷，有如屍橫遍野時空中兀鷹的長鳴。她顫慄了。寂寞哭不去；寂寞笑不掉，雨滴對人們憂傷的沖洗是無能為力了。

寒氣透入心靈，她又不能自己地抖顫起來。

「哎！是大小姐，這個罪受夠了，」奶媽又心疼又慌忙的說：「手冷得像冰呢，天保佑切莫淋壞啦。」

她根本聽不見什麼，她只覺很冷，覺得很冷，很冷，但是卻愈來愈安詳了。

一九六八年發表，一九八三年改正

原刊於《大學生活》第二卷第一期，一九六七年一月

膿

售票員用腳推開閘門，喉嚨咕嘟咕嘟的，把一口濃痰撻到地上，站在門邊的乘客，就誰也不願讓誰的走下公共汽車。鞋子沒有眼，漠然而痛快地吻擦着售票員的濃痰。如果有一個很聽話的小學生，他就會告訴同伴：看，這就是吐痰的害處，售票員該到我們的學校來聽老師的健教課囉。

車站邊沿那檔咖啡熟食圍着很多男女，大都一腳踏櫈；一腳踏地；翹二郎腿的式子實在不多見；放魚片的師傅一隻手正朝鼻孔鑽，看得人好不心寒；側面有一爿賣雞鴨的攤子，翻滿一地雞鴨腸子的東西，那師傅把黃澄澄的手朝盤裏灰膩膩的水一浸，就把一串串的腸子撈起來抛到大湯碗去了。

紀夫踱過對面馬路，行人路上濕潤得可以讓活生生的蝦兒喘幾個鐘點；天沒下雨，水來自貧民大廈早起洗臉漱口的部分人家。他揀個好的地方坐下，攤開街道圖，辨認一下方向。走不遠，看見那座好標幟了。蘭告訴過他：那墳場的後面，就是他要找的學校。墳場的大門，有一塊紅底黑字匾額，恰像戲院懸掛「全院滿座」的那塊紅絨。想起蘭的話，看眼前光景，他覺得好笑，又忍不住升起淡淡的蒼涼。

那些學校都是千篇一律的式子，每一層由六個方匣子併合，共疊六層，樓下是集會的地方，常常近校門那截，空氣被學生堆積的密度趕掉了，大熱天，教師和學生站在那處都得活受罪。但是學費便宜，學生們功課更差更劣都可安穩地讀完六年絕無留難的小學教育。五塊錢拂去教師的心血，壓碎學校的聲譽，大孩子用姆指按着鼻孔，吐一沫口涎，想：逃幾天學去送雲吞麵，混五塊錢，名字就可掛在點名冊上六年了。

想起這些，空氣恍惚帶點苦味。紀夫踏完那十二級石坂，轉入校門，彎角處他聽見一陣粗俗的嘩笑，使他望着辦公室那扇半開的門躊躇起來，他只是個流來浪去的代課教師，犯不着……犯不着什麼什麼……。

「對不起，」他說。他的手節在敲門時弄得發酸了。

他們霎時靜下，瞥他一眼，大家都鬆了口氣。

「對不起，」他說：「我是來這裏代課的，先見見校長。」

「見校長，他要到九點十點才來呢！」那個鑲着金牙、闖開胸膛的說：「代課就到教師室找教務。」

「好，謝謝你。」他說。

他看腕錶，欠十分鐘八點正，上課鈴快響了。校長沒這麼早？他想，但是那串嘩笑又傳過來，推送着幾個好可愛的名字，運財童子，多利來……。他忽然醒覺，這是一週中最後的一天。哦，週末的清晨，竟會混濁到這所謂神聖工作的場地麼？抑或是人們的怠惰與傭倦，該到了引發的時候了？廊外的陽光如此溫煦可愛，操場上孩子的嘩叫如此原始而無矯飾，這只是個普通的初春晨早罷了。

數着梯級，數着梯級踏到四樓的時候，他恍惚感到一點點的惶恐，就像他過去在某些學校代課時所感到的一樣，這個六層方匣子的空氣不斷的透着很多散漫，使人連自己可以統御的思想也難以集中。

廊邊的盆栽大抵乾得要死了，卻像使勁地喘着氣去噴出最後一絲斷線。以灌溉為業的人們是否真有灌溉的心？但是小孩子依然展着笑險。誰懂得去理會幼苗的榮枯？紀夫凝在那裏。腰際過長的褲帶在臀後搖晃，於是站在廊上俯視的老師就笑起來，紀夫趕忙迎着那副笑臉，輕鬆地在教師室樓下等待對他的安排。

「嗨，怎麼樣了？」三天後蘭在不需值夜班時來了電話。

「什麼怎樣了？」

「學校。」她說：「你的新學校。」

「還好，」他說：「每週三十八節還沒能殺死我，你知道麼？我在學着節省時間了，把午飯叫到校裏，邊吃邊改習作本子，三點鐘回家的時候，就不必挽着那些『課後延續』，如果我是女性，我就該為被壓迫着的青春哭泣啦。」

「別說得那麼酸了，」蘭在電話吃吃的笑：「來，『聰明人』，喝點什麼甜甜的怎樣？」

於是她要了一杯墨紫的葡萄汁，羨慕地欣賞他用唇舐着迷人的「嘉士伯」。自從蘭的一個病人把「聰明人」介紹出來，蘭和紀夫就莫名地喜悅了很多日子，這個地方，這個名字，常使他們泛起不自主的笑意，透過霓藍的窗葉，泳衣廣告牌上的三點女郎，不歇地在揶揄滿街滿地滿屋的人們。

「快樂麼？」他看看她向上彎的嘴角，甜甜的。

「當然，」她說：「昨天我們產房接了十二個，病房掉了三個，今天早晨又有四個進來；大家都這麼忙，生生死死，興奮又沮喪，然後又一點點的興奮……我想，大概我是快樂的。」

「但是我不，」紀夫說：「那樣的孩子，那樣善變的制度，為什麼總是煩着我？班裏四十五個四年級學生，撥到另一種小學的話，連二年級的程度也趕不上，勉強背誦出九因歌的只有六個，偏偏這些所謂新制度的新編課本比舊制度五年級的課程還要艱深，而這些絕對不必留級的驕兒，花五塊錢只當老師在演一整月的廉價戲劇。嘗試利用休息的時間再三解說嗎？若果是這樣，我們的精力不久也漸漸和驕子們的微弱接受力成正比了。三十八節殺不死人，四十節也殺不死人，誰還有輕快的笑意呢？我想，也許我們該為這新的教師積點制留下一朵欣賞的微笑。」

「當然要留。」蘭激賞地笑着：「為專家們的建議被採納喝一杯好嗎？」

「好。」他說着，把杯碰一下蘭的：「為專家們。」

「也為刻苦耐勞的教師們。」

音樂在飄。藍色的多瑙河。

多瑙河何以用藍色去形容？他在想着……。

如果我就是廣告版上的泳衣女郎，她在想着，那麼我的笑臉，我的胴體……我就把心埋在牆腳下吧，在還沒被真如戲劇化的生死演變注入麻醉劑之前。

明天中午就把那幾個最懶的留一留，肚子餓就送他們麵包，這樣，那些平日絕不管教兒女的父母也會趕到學校來，以為老師殺了他們的驕子驕女了。他想。怎樣辦哪？也許我應該感謝這些驕子驕女，虧得他們隨時可以氣壞一兩位老師，我們這些聽候出差的才鑽得短暫的工作……。

可憐的紀夫，她想：請依然堅持你的理想，雖然在啃着中學課本時的企望與熱誠已漸隨風化淡，但是，但是……。

但是那個抹高腳杯的侍者揑着指頭尖叫，扭斷了的破杯腳沾上一絲鮮紅，笑聲包圍着這個臉紅的受創者！

「聰明人」的老板從外面推門進來，剛好趕及為一個顧客點燃一支香煙。煙圈在飄，音樂在溜，要珍惜的時光總只是一剎那，要捕捉的感受總只是一剎那。

紀夫想想那專家的報告書，不知是不是蓋着雪白雪白的封皮；想想那的確可省教育經費的教師新積點制，又想想那些專家們居停的時日光景，忽然他的眼睛觸着這爿店子的名號，他拉起了蘭，拋下錢，在推門時尖笑爆出來了。

紀夫把繕寫好的油印蠟紙四大張拿到二樓的辦公室附近時，堆一下笑容說：

「請每張印五十份，十一點鐘時可以給我嗎？」

那個負責的職工板長臉孔，看也不看，應也不應。

紀夫覺得沒趣，現在不過八點三十分，校長室裏的塵埃還沒清理呢，這時候什麼比研讀「馬經」更重要？

回到上面，他就向坐在對面的李訴說幾句，李就說：

「這是他聰明的地方，看準我們犯不着撕破臉孔去爭論，上頭又懶得理，你吃過一次兩次如此低下的奚落，有時就寧願把測驗的題目抄在黑板上了。」

「難道大家不提出來討論一下麼？」

「大家都談論着了，可是不可能抽出時間來檢討，這不單是我們之間的問題，在上的竟然比一些人更臉嫩。」李搬開一疊習作薄，又搬來一疊，說：「你知道洪吧？就只有洪一個人令他們稍有戒忌了。有一次洪在下面火爆爆的串了一頓，把平日看不過的底料都抖出來，連上頭的也聽到醌醜。但是洪遂不快樂。洪也有缺點，但是把他的缺點和別人的比，別人反而感到了羞慚而對洪疏遠起來……。」

紀夫在盼着，停了改本子的筆。他知道洪，一個稍胖的高個子，臉孔有着希臘人的線條。

「我欣賞洪，」李繼續說：「但是我希望他不在這裏，他的責任心太重了，於是使別人在背後談論他時訕笑中也感到歉意，而他的不樂就更時常感觸着我們；可是萬一洪真的調走了，我是會感到若有所失的。」

紀夫本來還想再知道多一點洪的事，因為他覺得洪可能與自己的思路有吻合之處，而這時轉堂的鐘聲響了起來，他吸一口氣，捧起那疊像批改默書本子一樣的抄書本子，向驕子驕女們賤送心血了。

他真的不明白，當孩子的智力年齡無法趕上他要學習的事物時，何以仍然殘忍地要他們繼續年復一年的學更難懂的東西。教育的目的究竟是為教育抑是為節省教育經費？全無留級制的措施實行多年的結果，徒然使家長們對這一類的學校失去信心；成績普遍的低落貶低了教師們在社會人士眼中的地位；稍有能力或時間管教子女的父母們都情願把孩子送到另一些管教嚴格，有留級制度及有斥退學生權力的學校去了。於是，大部分家境較困苦及低能的兒童，便被那些沒有時間管教子女或不大負責任的父母送到這些六層方匣子來。這些絕不會為升級問題而有所戒惕的驕子驕女們，在質素上普遍已比別種學校的兒童低落，再加上缺乏家教的輔因，教師們的心血，就像傻子用竹筐盛水回家，水和塵土都成了足下踐踏之物了。

而新的措施在專家認為可行之後逐次推出來，教師們本可抽空對劣者個別開導的時刻也被迫得蹤影全無，德育的培養被過於艱深的課程壓下去，填鴨式的升中準備將會何時停止，畢業後沒有出路的師範生四顧茫然，而師範學院仍然不斷地製造多一些。社會人士對教師們有半日的「安閒」多不諒解，這樣，堆滿案頭的習作本子就會哈哈大笑，利用半日安閒進修的教師們就啞口無言；利用「安閒」而逛公司玩骨牌的教師們也不會失去多少光彩；而那群在教會學校服務的教師，上午上課下午留校或下午上課上午回校的教師，在神甫或牧師的微笑下有福了。

專家們，能夠深入我們共同生活十年八年麼？

「怎麼樣？」蘭在電話裏頭說。

「什麼怎樣？」

「學校。」她說：「你的新學校。」

「還好，」他說：「每週二十九節殺不死我，這次我代的是二年級，好天真可愛的兒童，比上一次的好得多了，排隊時大多數都做得很乖很乖，你在身旁走過他們都怕碰污了他們的白鞋。如果洪在這裏，他會快樂多了。」

「真的，說起來，沒見洪幾個星期了。」

「洪很忙哩，他是教學相長的典型，我們昨天才剛碰面。」紀夫說：「產房工作如何？」

「七個，」蘭開心地說：「今天早上接了七個，全是可愛的天使。」

「羨慕你，蘭，」他說：「你永遠如此熱愛你的工作。」

「當然。我選了它，就要熱愛它，必要時就把理想收一下或修一下。」她說：「也勸你一句，紀夫，任何心外的改變都不值得埋怨。」

放下話筒，他咀嚼着蘭的話。街外擾攘的車聲，喧叫的頑童，把一線欲靜的隙都塞滿了。

他披衣下樓。好久好久，他站在海旁的圓柱邊，春露連水，簷上燈色朦朧，像被施手術者漸入昏迷時睜一下眼看見手術臺上的燈。

不遠處有人在討論着一些什麼，人影模糊，但語音清楚。簷上的燈和手術臺上的相似，被割的是輿論，一片一片，一角一角……。言論像在滴血。黑夜中的海水更黑，朦朧的燈影徒然使視覺模糊。希望和理想在霧中飄搖，而霧似乎愈來愈重了。

一九六七年

原刊於《盤古》第三期，一九六七年五月

哆嗦

——丁的懷念

風很弱，但是很冷。初春的霧在霓虹管怨怨地圍着嘆着。

真的有點意興闌珊了。

轉到大路時，伊停下步伐，問道：

「走哪一面？」

「這面。」彼把頭向左擺。雙手放在褲袋裏，問道：「你呢？」

「另一面。」伊說着，聳聳肩。伊忽然想及法文老師，伊之法文老師就愛這樣把肩聳一下。

「我到酒店前截一輛車。太晚了。」伊繼續說。

「好，伴你走一程。」

於是，伊們就默默地走着。

空氣默默地流動着。

「這個，」彼忽然側過頭來問道：「這就是你假期最後的一個晚上了？」

伊在喉頭嘀咕一些什麼似的。

伊的思路已遙，假期的尾聲，悵然之感總在心頭踟躕。明天，明天只是另一日。漫長的苦難似將蜿蜒推近。伊覺得自己很少快樂，但是伊實在沒有實在的理由不樂，伊相信自己多少有點怪癖，譬如伊看見一個人，伊喜歡那個人，到伊結識了那個人之後，伊忽然又喜歡另外一個；有時，伊感到自己在追尋不可能，有時，伊又感到自己為心靈為意慾求一安息之所。伊希望能飲下大量的烈酒，或是服食過量的興奮劑以至突然死亡。

「怎麼了？」彼用右臂碰撞伊。彼走在左，近馬路，彼的雙手仍在袋中暖着。

伊仍在喉頭嘀咕。

「哪一天再見你？」彼問。

「將來。」伊說。

「我在這裏沒有多久將來。」彼說；很輕很沉：「三月一到，我就走。」

「三月？」伊顯然覺得突兀了。

伊現在知道，彼在此的將來，實在只有八天了。

這時，伊們已走至酒店之前，噴水池的水柱已軟弱無力，酒店大堂的燈光暈黃得有點愁慘，門前的石獅總只是石獅，刺激不起人們的驚惶，徒然增加夜的孤清可憐罷了。

伊正要站定預備等候計程車，但是一種惜別之感在伊之心尖跳躍不已。八天只是很短很短，何況伊今夜已是假期尾聲。伊望着對面那電動的霓虹旋轉廣告，而那有如雨絲千萬縷的霧彷彿愈來愈重。

「一定要趕着回去麼？」彼問。

「不。」伊面向着彼，說：「我們多走一回吧。」

於是，伊們沿着行人路，走過海旁，走過陰森可怖的火車站，走過那些樹；後來伊們看見紅色的交通指揮燈，伊們看見有車迎着紅色飄然而過，於是伊們一齊笑起來。於是電梯的門開了，伊在電梯的牆鏡中認不出自己。

伊倚坐在床緣啜着咖啡。

彼坐在沙發啜着咖啡。

傭人拖着惺忪睡眼問是否可以去睡。

彼看着腕錶說：我們有七個鐘點長談。

於是伊告訴彼伊和伊之愛人睡時怎樣怎樣。

彼微笑地聽，彼稱讚伊把話說得很好很好。

於是伊又興奮地說多一些。伊真不知道自己有點像個傻瓜。因為伊心亂，而這是假期尾聲。

伊看着房中的鏡，伊仍然不認識自己。

燈黑了。伊感到痛苦與迷惘，伊喊着愛人的名字，伊呻吟着在黑暗中滴出乾澀之淚。

「怎麼了？」彼在那面問。

「沒什麼。」伊說：「只是，我只是睡不慣別人的家。」

「生活太規律化了。」彼輕蔑地揶揄起來。

伊苦笑。伊不作聲。伊希望彼多說幾句，那麼伊便可以談話。伊真的睡不慣別人的家，伊希望彼可以談話到天亮，雖然明天須得工作。但是彼靜靜的，黑暗中伊看見彼俯身而臥。不久以後，伊還聽見彼輕微的鼾聲。伊感到自己被拋到很遠，被拋到孤寂寥落的世界。伊喊着：愛人，救我。愛人，救我。但是愛人離伊遠得影像模糊。

伊走下床，倒一杯水，用手壓一片百葉外望，寒氣從窗透進來。伊想關上窗，但是伊愛新鮮空氣，彼愛新鮮空氣，關上窗，房內只是個舊的世界，這樣對伊和彼不好。所以伊立刻又鑽入被窩。

看腕錶，四時十分多一些。伊的眼睜得很大，沒有睡意，酒曾使伊昏然欲睡，咖啡卻又驅走睡意。

伊又想着愛人。

曾經一度。也許很真實很真實，伊把蘭妮看得很重要，伊願蘭妮成為伊之愛人，又願蘭妮以愛人視己。伊必得承認，直到如今，蘭妮比伊之愛人令人思慕，蘭妮比伊之愛人多些誘惑；而且蘭妮有點被虐狂。如果蘭妮不是太膚淺，伊便不會有今日之愛人。伊之愛人必是蘭妮無疑。伊在蘭妮的寓所過了五個，不，六個晚上，很愉快，很抒發。很傷心過一段時期。伊曾經自伊之宿舍推窗夜眺，看着大學校園那孤單美麗的影樹，在月下美得凄迷，伊就想起孤獨的蘭妮，於是伊誠心祝福此一曾令伊無限留戀的膚淺者。伊曾經在電話裏問蘭妮選擇愛人的條件。必是高個子，蘭妮說：不必很英俊。必需是我喜歡的。蘭妮又說。

伊是高個子了，而且很多人都說伊長得好看，頗有氣質。伊幾乎想直接向蘭妮毛遂自薦。那時伊們已經在一起了，但是伊看不透蘭妮的心，於是伊悄然引退，又羞又愧，又痛苦又寂寞，心情像一個痛失童貞的古代閨女。後來伊寫了一封信，附回蘭妮送給伊之留念卡，把一切結束起來。

感到口渴。又感到燥熱。伊再推被起床，黑暗中把水瓶的蓋碰到地下。

「真的怎麼了？」彼用手撐着床抬抬身子問。

伊拿着水杯走向彼，歉然說：

「睡不着。真是對不起。」

「想着愛人？抑是想着家？」

「愛人。」伊說，而伊之心但覺黯然。

這樣伊們又再談起來。彼俯在床上，伊臥在床上。但是不久伊又聽見彼輕微的鼾聲，伊再次感到被拋離很遠。自從伊和蘭妮分割，便決心只愛伊之愛人。伊由愛人之介紹而認識彼。那時伊與愛人正走去聽音樂的地方。那時夕陽之暉已令人有少許留戀。是十月的下旬了。愛人在身邊說：「介紹你認識詹明。」

伊和彼握過手，便站在一旁看彼和伊之愛人談話。彼咬着香煙，穿着淡黃色的長恤，彼之臉色在陽光的夕照中有霓虹。後來在聽音樂時，愛人又談及彼，愛人似乎很喜歡彼。所以伊問彼等何以不相愛。愛人就說自己不適合。伊感到嫉妒，但伊弄不清被嫉妒的對象是伊之愛人抑是彼。這就是伊的怪癖，而且伊之心頭常想着要做一些反叛自己或世人所謂道德楷模的事。

後來伊在聽音樂的地方碰見彼多次，彼跟彼之戀人同在。不知是否由於伊之愛人常提及詹明，伊竟然對彼發生好奇，伊只和彼碰面點頭或握手，然而伊卻似有他鄉遇故知之感，伊覺得彼之氣質多少有點與自己相同，伊們大概是同樣羽毛的鳥兒。

十二月二十四夜，伊把愛人送到教堂門口，愛人進了去，教堂摒伊於門外，伊摒教堂於心扉之外。伊相信自己背叛了宗教，或是不容於宗教。耶穌愛世人，神愛世人，但是耶穌和神再不會愛罪人，那就是說罪人須得改為善人以取悅耶穌和神以求愛降於身，於是耶穌和神之愛人也必論條件，於是耶穌和神之愛亦如伊對友人或不認識者之愛，愛自己喜歡愛的人。伊把觀點告訴別人，別人都說伊欲創造荒謬推理。所以伊只好聳聳肩，送愛人到教堂門口止步。

愛人進了教堂，愛人必會為伊祈禱，祝伊們身體健康，祝伊們之愛永恆，世界之和平永恆。所以伊就帶着少許快樂，孤單地踱到聽音樂的地方。今夜此地有幸運抽獎。那穿紅衣的領班告訴伊：一杯飲品送一張抽獎券。伊吩咐要一杯「毡」。這時伊抬目游顧，樂隊在唱《生來自由》，伊看見彼和彼之戀人坐於樂台之右。彼向伊舉杯，伊向彼舉杯，隔這麼遠。今夜伊孤單而彼不是。今夜之「毡」稍苦澀而往日的不是。

伊又再吩咐要一杯。侍者遞給伊一張抽獎券。

人們開始抽獎。

人們開始唱着應時節的歌。

伊張口和唱，但覺聲線乾澀無音。伊看見彼微笑地唱，彼之戀人幸福地聽。所以伊仍然張口和唱。伊要快樂，伊今夜要比一切人快樂。只是，人們的噪音吹氣已鼓動天花板懸下之汽球，而伊之心在足下。

伊推椅站起。伊實在不慣裝作快樂。兩張抽獎券摺疊成兩隻很小很小的船兒，願船兒載去一切回憶。

伊在進口處碰見蘭妮。蘭妮身邊是個胖子。伊笑一下，蘭妮笑一下。蘭妮的笑臉堆鋪着抹不去的倦容，伊忽然希望蘭妮會在伊之足下痛苦輾轉，而伊就踐踏其上。

推開玻璃門，冷空氣洗淡伊一刻前之殘忍。看腕錶，還早，隨便踱一個大圈子，於是伊走到教堂之門，教堂應把愛人交還伊了。但是那個會還未散。詩班的歌聲，穿過樹椏上懸掛着的有色燈泡飄過來。伊告訴自己：祈禱。祈禱。但是伊不能。伊羞於以宗教掩飾自己，伊更不能騙己騙人。伊只願能忠於自己的情感，求安於一己的意慾。伊情願唸數十遍「幾回魂夢與君同」，不欲誦幾遍「於此涕泣之谷」。伊更愧於想像耶穌背着十字架在風雨中飄搖。

再次感到口渴，又感到燥熱，於是伊再推被起床，喝半杯開水。走進盥洗間，亮了燈，伊看着鏡中人，頭髮蓬亂，額角堆汗，眼囊微微鬆墜，瞳孔漠然似死，伊忽覺此一肉身已亡，而靈魂亦只徒然掙扎。伊匆匆滅燈，匆匆鑽回床上，喊着愛人，救我。愛人，救我。

伊開始後悔今夜學了浪子，然而伊為自己之後悔而感到懊惱。今夜是伊假期尾聲，而伊之愛人隨家遠遊。伊怎能在假期像古代閨女在家默然等待愛人寄來之明信片。明信片之字又不能跳出來擁着伊撫着伊。所以伊今夜和友人看電影吃晚飯逛街宵夜而伊鬱悶未除之餘遂走到那吵鬧的地方坐下掩飾着和看着那堆抽肩聳腰的人群。伊第一次發覺自己屬身於此，不久伊又看見彼站在伊之身後。

劈頭彼就問伊之愛人近況。彼知伊之愛人遠離而伊寂寞；彼又請伊喝兩杯，彼知伊還未正適工作受薪。伊們飲着和微笑和欣賞，震耳欲聾的音樂停時伊們才抽個隙兒説上兩句，如此伊們竟感到非常愉悦。伊們大概是同樣羽毛的鳥兒。彼又問伊在大學裏是否仍有情人。伊默然微笑搖首。伊不想做大眾情人。伊非常渴望用盡其誠愛自己愛的人和被愛。情感不同於金錢，金錢可用勞力和狡詐去搏取以償損失，情感受損一分，心靈就受烙一分。伊但願彼會明白而不必解釋。

酒使伊昏然欲睡，睜着惺忪眼笑着。

彼看着伊之憨態而笑。

後來彼拍伊一下。於是伊們走出來拾級而上，伊感到真實的喜悅。

而此刻，伊仰臥床上，伊俯伏床上，今夜之一切，今夜以前的某些局部，潮湧堆纍堆纍，窒息窒息，而昏然昏然。不久伊在夢中見着許多紅色的氣泡在空中浮游，汽車迎着紅燈訊號飄然而過。伊感到熱而睜眼而彼在身邊。彼問伊好不好扭開無線電，因為已是早上七時四十五分，伊撥電話回家時，彼默然注視，彼有點厭倦伊生活得如此規矩。看着伊蒼白的臉和不齊整之亂髮，覺得伊竟是個平凡的路人。彼再臥倒床上，瞧着天花板。計算着今日應做的事。

伊掩門時，彼臥在床上向伊微笑說別，伊又回笑說別，兩者的笑容竟同樣空洞與索然。

伊回家自信箱中取出明信片。愛人寫着：

「在紐奧連城有一愉快的晚上。想着你。保重。」

電梯來了。伊自牆鏡中看到的是一副落魄者的容顏。伊慘然閉目，用手按蓋各層的按鈕，真不知應在哪一層推門。如果伊今年是十歲，甚至十二歲，伊就會痛哭。

電梯停了，門開。門關。一列按鈕已走完。還有。那上面，有一顆紅色的，伊乾笑幾聲，又隨手按了下去。

原刊於《盤古》第十期，一九六八年一月

投影

「以後呢？」小妹按着照片本子說。

我不知道怎樣告訴小妹，因為我相信人死之後，靈魂依舊存在。

「以後，」我捏起那些撕掉的舊信件，說：「大哥離開我們，到另一個世界去了。」

「另一個世界麼？」

「嗯。」

我抬起頭，觸着小妹張大的雙瞳，那一份無邪的童真，在我成長以後的這些日子中，往往深扣着我的心絃，使我有一剎那的恍惚與茫然，而又感到似乎痛失了一點什麼。

於是我說：

「在我們生活的這個世界中，大哥已經死了；但是，在另一個我們不見的天地中，他仍然活着。」我擰一下她的鼻子，繼續說：「明天上聖經課時，你問程修女吧。」

我接了照片本子，把顏料推到小妹前面，這樣，小妹便開始塗抹起來。

小妹的人像本來很好，既生動而又色調濃郁，看起來令人感染着繪畫者的真情。後來，龍弟把畢加索的畫冊給小妹看過，她的畫便有太多的矯揉了。

我燃着一根煙，看着院裏一地的秋陽和零碎的落葉，心裏仍然想着剛才和小妹的談話……。

那時我們住在北邊，父親的事業正當盛時，屋子裏常有許多客人來去。照父親的意思，大哥應該穿得整齊光鮮，恭敬地招呼到訪的來客；但是，大哥卻情願躺在院子的草地上，閱讀一些很厚的外國翻譯。為了這個，大哥常常挨罵，有時在吃飯的時候，一家子也弄得毫無胃口。

我弄不清楚到底父親愛不愛大哥。大哥已經沒有母親了，我的母親是大哥的繼母，儘管母親對大哥很好，他們仍然有着一種隔閡。有時大哥生病，母親為他熬的藥他是不吃的，寧願要霍嬷嬷另燙一碗。有時，父親很怒地罵他，他便嘰嘰咕咕的大聲説一句英文，立刻反身走出門去。但是奇怪，大哥走了之後，父親也嘰嘰咕咕的唸着那句英文，然後在怒氣中笑了出來。那時我在想，英文原來可以令生氣的人發笑，不如就叫大哥多説幾句，家中的笑意便會濃起來。

大哥在大學裏唸商業管理，我那時只有七歲。我的學校和大哥的大學相隔幾個路口，當大哥早上有課時，我們總是一起上學的。跟他一起上學，我有較多的自由，不像霍嬷嬷，老是緊緊地拉着我，害怕我跑了似地；大哥只有時用手輕輕地搭在我肩上，有時又讓我獨自走在前頭；不過，我很喜歡稍為落後一些，跟在他後面，隨意地踢路面的小石，看着朝陽把大哥的身影拉得又扁又長。

大哥是寂寞的。如果大哥仍然存在，如果那時的我是現在的我，那麼，我們該會令生活的圈子平添許多光彩。但是那時我太小了，我只知道當父親責備他的時候我非常難過。

父親不愛大哥麼？我曾經這樣問母親。

怎麼不愛。母親說：父母怎會不愛自己的子女？去後院看霍嬤嬤養的母雞，你要是碰一下牠的小雞，牠一定撲過來啄你。

我到後院去找着霍嬤嬤。我試着去捉一隻小小的雛雞，那母雞飛撲過來嚇得我呆起來。

「但是，」我問霍嬤嬤：「那公雞不是小雛們的父親麼？公雞不愛自己的孩子，我父親也不愛我大哥。」

霍嬤嬤立刻走過來掌我的嘴。

「再說，吓！」她作起凶狀：「把你拉到爸爸面前去。」

她嚇不怕我。嬤嬤疼我還恐來不及。不過我故意裝得好像很受唬的樣子，把舌頭伸出嘴外，兩隻瞳孔一起轉到靠近鼻樑，引得嬤嬤大笑，下頷的肥肉跳顫得好像風吹麥田。

風吹起麥田是很好看很動人的。那一次，大哥挾了書，把我帶到麥田的小河邊。這是我第一次自由地來到郊野，看着麥浪的飄搖，覺得自己好像踩着浮雲。乾涸的小河仍然響着有節奏的流水聲，河床泥濘的小洞，小小的蟹兒露出半隻拑子和一隻小眼，還有一些不知名的小魚兒，竟然可以在泥濘上面自由滑動。我掏出顏料，張開畫紙，開始愉快地繪起來。

偶然，我回頭看大哥一眼。我發覺他並沒有看書。他的眼睛凝視遠方，看着浮雲，他的雙眉輕輕地拉緊，像是有一種我不能見及的景象在遙遠之處吸引着他。每當這個時候，大哥便把我拋離很遠很遠，他已經處身在一個我當時無法理解的領域之中。風輕輕地搖着他垂額的幾綹頭髮，曳着他那霓藍的圍巾，而他臉上那一種淡淡哀愁的凝神，有如隨風而至的煙靄，一絲絲地透入我的肺腑與心靈。

不知塗抹了多久。大哥走到我身邊，抹弄着我的頭髮，問道：

「二弟，怎麼會把天空抹上這麼多種色彩？」

「不好麼？」我說：「我覺得這樣很美麗。我快樂的時候，什麼東西我都多抹一些美麗的顏色，抹得很深很深。」

大哥按着我的右肩，在身旁坐下來，微笑着說：

「這樣很好。能夠隨着自己心意做出來。你知道麼！大哥疼你，又這麼羨慕你。」

我看着他。我微笑點頭，其實，我只懂一點點，那就是大哥對我說話時的語氣令我覺得自己很有着落，不像父親那麼令人害怕。

大哥忽然擰一下我的鼻尖，笑出聲來，說：

「你其實不懂，你只是騙我。」

說完，他一手把我拉跌在草地上。我笑着掙扎站起來時，他又兩手把我撐張起來，放在他的胸膛上，他仰臥在草地，臉色紅潤而光采。

「不要長大，二弟。」他說：「長大之後，心靈就會醜惡，腦袋堆滿髒東西。我希望回到你的年齡，讓一切重新開始。」

他見我沒有作聲，便捏我的腋窩，問道：

「懂不懂，吓？」

我笑起來，點點頭。

「又騙我？吓。」說着，他把我輕輕地按在草地上，在我身上搔揑起來。

我們笑着，叫着，在地上滾來滾去，後來我瞥見我的衣服髒了，我想起父親的臉孔繃起來時的情景，便連忙站起來。

那是我和大哥在一起時最快樂的一天。那天我繪的幾張圖畫，一直被我珍貴地收藏着，尤其是在大哥死去以後，這些畫，已成為我懷念昔日和追尋大哥呼息時的唯一紀念品。可惜，在戰亂連連的時世中，人命已屬殘餘，當我們在河南避亂時的一次水災後，大家都已經身無長物了。

在我懂事以後，我一直覺得我們家中的成員，幾乎都是傀儡，而父親則是在幕頂牽動懸線的主持者，就只有大哥一個是反叛者。我的兩個姊姊，跟大哥是同一母親所生，但是她們一些也沒有大哥的主見和氣質。她們都是努力讀書的可憐蟲，天天躲在房裏，羞怯怯地做功課，看書，做女紅，晚上絕少到外頭去一趟。有時，我見她們這麼努力，自己也想湊熱鬧，拿了書本，走到她們房裏去背誦起來。但是，她們總是嫌我讀得太響，把我推出來。所以，後來我遇到深詞生字，也懶得去求教了。

大哥既然是反叛，父親便盡力管制我，母親也常提點我不要使父親生氣，以免弄到整個家嚴肅得像法庭。因此，我在家時總穿得很乾淨齊整，有客人來時，母親又要我端茶，男客來時奉香煙，女客來時遞水煙袋。那時父親的事業正當盛時，也許來往的人為了討好父親，他們都給我糖果錢，又讚我怎樣怎樣，一些很笨的老先生和老奶奶，常常捏得我的臉好痛，說什麼像個蘋果啦，眼睛像燈籠啦。真是說什麼我也難以想像一個蘋果大小的臉，怎樣藏得下兩隻燈籠大的眼睛。但是父親很高興，母親也是。有時父親還把我叫過去，故作有趣地在我疼痛的臉上擰上兩記，真不知像蘋果有什麼好。

所以我常常想學大哥，佩服大哥。大哥的同學來時，他們都不坐大廳，他們寧願到院子裏坐草地，坐石板，我也不必奉煙奉茶，而且他們只撫一下我的頭髮，絕少說什麼燈籠雪梨那些討厭的話。

那一年冬天，雪花飄了兩天，天色陰沉，格外顯得寒氣徹骨，幸好正逢寒假，那時我已是小學二年級的學生了。

自從放寒假之後，我忽然察覺着大哥有一種不安的情緒，一忽兒似興奮，神采照人；一忽兒又似愁雲閉月，陰霾四佈。我在書房伏案臨着柳公權玄秘塔，大哥站在桌旁，看着窗外皚皚雪花，細碎地飄落在院子的蠟梅樹上，枝梗上積雪擁着淡黃的花蕾，地面上的雪花，那麼鬆浮地堆疊着，潔白而可愛。我心中決定，臨完這一帖，要大哥和我到蠟梅下堆個雪人，橫豎父親去了成都辦事，正是玩到盡興的好機會。

我看着大哥。此刻不是我開口的時候，因為他正在那麼入神地想着一些我無法捕捉的東西。他穿着一襲深灰色的中山裝，一方淺綠的大圍巾，舒捲地垂在肩旁，雙手隨意插在褲袋中暖着。也許，我想，也許他根本一些東西也沒有想，但是，那一股落漠的神情，又豈是當時幼小的我所能意會，尤其當他雙眉輕輕地拉緊的時候，我已習慣地不敢去敲那扇看不見的門了。

父親回來時，雪已經晴了，窗外的世界又回復明朗，地上的雪花，也漸漸退融了。這時，大家都開始為農曆新年的將臨而忙碌起來，而龍弟剛在這時候出生，也正好加添了熱鬧，這將是一個多麼快樂的新年哪。

但是，在父親辦事回來後的第三天，大哥和父親吵起來，這一次鬧得很凶。父親氣鼓鼓地斥喝，大哥掙紅了臉在申辯。我躲在通到大廳的迴廊角落，唬得摒着呼吸。

忽然父親抽起一張圓形的木櫈子，向着大哥擲過去，大哥避過了；父親又匆匆地走入書房，拿了他的拐杖，朝大哥腿上一連幾記。我看得又害怕又心疼，希望大哥快點走開；但是他沒有，他痛苦地忍受着，兩行淚光沿着扭縮的臉，辛酸地刺入我心房，而他卻一聲呻吟也沒有。

「到院子站着！不要讓我見着！」父親喘着氣斥喝。

大哥昂着頭，一跛一跛的踱出後院去。

我正想跟過去的時候，忽然父親頹然地挨着安樂椅坐下來，緊閉的雙目潮潤地滲出眼淚，一剎那父親竟像一個病弱的老人，往日的威嚴與神采，已經不見了；而那喘着的胸部起伏，引起了我莫名的驚懼。我迅速地走過去，拉撫着父親的臂彎，低低地呼着：

「爸爸。爸爸。」

父親慵倦地張眼，模糊的淚漬更使失神的雙瞳顯得一片灰白。他把我擁近胸膛，有點哽然地說道：

「孩子，父親做錯事了。」

一滴溫熱沿着我鼻旁，流入我口中，不知為什麼，我伏在父親身上哭泣起來。

好一會兒，父親推起我說：

「到母親房間去看小弟弟。」

我走到房裏，看見大姊坐在母親床邊啜泣，母親招手把我喚到床前，說：

「櫃枱後那隻樟木箱子有瓶黑色的藥酒，拿到院子去給大哥擦擦。」

拿了藥，走到後院，一地陽光反刺着我泣後的眼。蠟梅樹邊，大哥倔強地站着，淩亂的頭髮，蒼白的臉，充着紅筋的眼，那茫然若失的神態，使我怔怔地站在他前面而不知所措。

良久，大哥垂下頭，低聲說：

「大哥真不好，嚇怕你了。」

我搖搖頭。大哥那種愁慘的語氣，使我差點兒落淚。我無言地蹲下，拉起大哥的褲管，用藥酒塗擦着那瘀紅的傷痕。父親真的不愛大哥麼？這麼深刻的傷痕，要待多久才能淡褪呢？大哥恨父親吧？大哥不喜歡這個家了？不然……。

「大哥為什麼要離去？」我問母親。

「想到上海唸那些什麼藝術啦，戲劇啦，我也不大清楚。」母親說：「但是爸爸要他學做生意。」

「那些藝術啦，戲劇啦，都不好麼？」

「不知道。媽媽唸書少，你問大哥吧。」

於是，我在院子的魚池旁找着大哥。

「你年紀小，不會明白。」大哥說着，拉了我的手，走近鳥籠旁邊：「以前，籠中只有一隻畫眉鳥兒，牠孤單地煩躁地跳來跳去，後來母親着人再弄來一隻，想是望牠們有個伴兒，可以快樂了，但是，但是……。」

他停了口，看着我一會，又繼續說：「一個小小的籠兒，怎能困死兩個無窮的慾望。外面的世界廣闊而自由，籠中的天地侷促拘限。鳥兒的一生，只不過短短的時光，牠們應該在這短促的歷程中，完成牠們自以為幸福的計劃。牠們更不需要為人類的慾望或企求而生存，而這一片人為的小籠兒，竟頑強地殺害了這種回歸自然理想的天性了。」

他緩慢而又安詳地說着，語調一點也不激動，但聽來卻使我感到點點蒼涼，我看着他那一臉的飄逸的神情，忍不住輕輕地倚着大哥。

他垂下頭，撫着我的頭髮，說：

「二弟，現在你還不懂大哥的心意，長大之後，你就會想着大哥的話了。到那時，大哥已經在爸爸的莊口裏撥弄了十多年算盤，身上染滿銅臭了。」

但是，大哥並沒有在父親的莊口撥弄算盤，假如有，我也許到此刻仍然會有一個活生生的長兄。

元宵的後一晚，大哥帶我到外面看一場電影，散場之後，我們又在書店裏買了一些我喜歡的畫具和畫冊，到家時，大哥拉起衣袖，看着我說：

「二弟，你看我的腕錶怎樣？」

「很笨。」我說。

他笑起來。

「不喜歡麼？」

「怎麼會呢？」我說：「笨的東西看起來還有趣。」

「哦，是這樣，」大哥說：「這隻笨錶很貴嘛。一會兒我還得到外面一趟，也許很晚才回來，這隻錶，二弟你代我放起來好不好？」

「當然，」我說：「我就把它放在我的枕下吧。」

大哥捏着我的頸後，忽然嚴肅地說：

「你很好，二弟，大哥這麼疼你，希望你永遠健康和快樂，好好地聽爸爸的話。」

就是這樣，大哥就走了，父親並沒有把他留在莊口；而我，從此以後，也沒有再見大哥，也沒有人在家裏對我說一些我愛聽而又聽得不大懂的道理了。我知道大哥到過上海，又到過武漢，甚至遠至廣西的涼口那麼偏僻的地方，隨着勞軍的藝員和青年團來往於烽火田園，抱着犧牲的心志而漂泊在這沉重的國土上，當我們獲悉長兄失喪的消息時，父親兩鬢霜白，已在我正成長的心靈中投入一抹暗影，而我的父親，那時還不過四十多歲……。

那隻腕錶，外形笨得有如一隻畸形的螃蟹，錶的字面已有點發黃；經過多年來的顛連困頓，它已經衰老到喘息的氣力也沒有了。但是，我在夜靜思來之時，仍不免扭旋着發條，放在枕下，細聽那為時短暫的分針走動聲響。那低促微音，有如大哥的心脈，使我能搜索和捉摸一些扣心的回憶及一些彌淡的影像。而那深藏心底的童稚之愛，便如綿綿而來的暗流，緩緩地，舒倦地，把我拉到不知名的地方。

寫於一九六八年

原刊於《中國學生周報》第八一九期，一九六八年三月

本創文學 118

裏外流——陳炳藻短篇小說選

作　　者：陳炳藻
編　　者：黎漢傑
責任編輯：黎漢傑
設計排版：D. L.
法律顧問：陳煦堂　律師

出　　版：初文出版社有限公司
電郵：manuscriptpublish@gmail.com

印　　刷：陽光印刷製本廠

發　　行：香港聯合書刊物流有限公司
香港新界荃灣德士古道 220-248 號
荃灣工業中心 16 樓
電話 (852) 2150-2100 傳真 (852) 2407-3062

海外總經銷：貿騰發賣股份有限公司
電話：886-2-82275988 傳真：886-2-82275989
網址：www.namode.com

版　　次：2025 年 5 月初版
國際書號：978-988-71097-8-5
定　　價：港幣 78 元　新臺幣 280 元

Published and printed in Hong Kong

香港印刷及出版